Masazumi
&
Yoshihisa
「やんごとなきオメガの婚姻」

「俺を鎮められるのはきみだけだ」
祥久の手が伸びてきて、形のいい指で好調した頬を撫でられた。
心地よい感触に雅純はうっとりして目を細め、薄く唇を開いて湿った息を洩らす。
（「やんごとなきオメガの婚姻」P.176より）

やんごとなきオメガの婚姻

遠野春日

キャラ文庫

この作品はフィクションです。
実在の人物・団体・事件などにはいっさい関係ありません。

目次

口絵・本文イラスト／サマミヤアカザ

高貴なオメガは頑健なアルファを恋う

1

一日のうちの最後の授業が終わると、クラスメートたちは待ってましたとばかりに席を立ち、ホームルームを三々五々後にしてクラブ活動や補習授業に向かう。

「雅純《まさずみ》さん、よかったら寮まで一緒に帰りませんか。うちのクラブ、今日は顧問の先生が出張で、休みになったんです」

雅純の取り巻きの一人が遠慮がちに声を掛けてくる。同級生だが、友人と言うより憧れの上級生に対するときのような畏《かしこ》まり方だ。雅純を前にしてドギマギしているようなのが、赤らんだ顔の表情や落ち着きのない態度から伝わってくる。彼に限らず、そういう学友は少なからずいる。この春、高等部三年に進級し、先輩たちに気兼ねする必要がなくなったせいか、細かな誘いは頻繁に受けるようになった。

「あいにく、日誌をまだ書き終えていないんだ。待たないで先に帰ってくれるかな」

「あ、今日、日直でしたね」

気づかないで先走ってすみません、と同級生は恐縮する。面目なさそうに頭を掻《か》きながら、後ろ髪を引かれる思いをちらつかせつつ雅純の傍《そば》から離れていく。あまりしつこくすると雅純の不興を買うのでは、と恐れているようだ。

そんなに気を遣ってくれなくていいのに、と思う反面、かまわれすぎると精神的に疲れてしまい、ときどき邪険な物言いをしたり、冷ややかな態度を取ってしまうこともあるので、無理もないかもしれない。今も、待たれると迷惑だというオーラを無意識に放っていた気がする。

雅純に心酔し、気に入られたがっている者たちの間では、雅純はプリンスのように崇《あが》められている。

実際、宮家を支える貴族の中でも名門として知られる仁礼《にれ》伯爵家の次男で、実家の財力は、宮家の遠戚で唯一侯爵の位を持つ藤堂《とうどう》家に勝るとも劣らないと言われるほどだ。

細面で繊細な作りの顔立ちは、毎年伝統的に行われている美貌ランキングで中等部に入学した年から五年連続一位に選ばれている。雅純的には素直に喜んでいいのかどうか微妙な気持ちだが、周囲は概《おおむ》ね妥当な結果だと受けとめているようだ。卒業と同時に十八歳で社交界デビューした暁には、数多《あまた》いるレディーたちを押しのけて『華』と称されるだろうと今から噂《うわさ》されているらしい。

むろん、それを忌々《いまいま》しく思い、何かと突っかかってきたり、陰口を叩《たた》いて貶《おとし》めたりしている者も少なからずいる。

雅純自身、端から見たら恵まれすぎてむかつく存在だろうという自覚はある。監督生でもないのに寮では一人だけ個室をあてがわれるという特別扱いを受け、基本的に全員いずれかのクラブに入らなければいけない決まりを、体があまり丈夫ではないからという理由で免除される等々、悪目立ちしているに違いない。

だが、こればかりは仕方がなかった。

雅純には――家族と、極一部の協力者以外には決して知られるわけにはいかない、重大な秘密がある。

個室なのも、クラブ活動に参加しないのも、そのためだ。

開け放たれたままの出入り口から教室内に向かって呼び掛ける声がした。

「田主丸《たぬしまる》はいるか？」

隣のクラスの仲森《なかもり》だ。

仲森はテニスクラブの副代表をしているスポーツ特待生で、同じクラブの田主丸と仲がいい。テニス以外には何にも興味のなさそうな、寡黙で無骨な印象の男だ。

雅純も仲森自身に悪感情は持っていない。いないのだが、一つ苦手なところがある。それは、雅純を目の仇《かたき》にしている梨羽尊志《なしはたかし》に親の仕事の関係上逆らえず、子分のように梨羽に従うところだ。

仲森の声を聞いてペンを止め、日誌から顔を上げた雅純の目に、仲森を押しのけるようにして教室に入ってくる梨羽の姿が映った。

やはり梨羽もいたか。嫌な予感が当たってうんざりした気持ちになる。梨羽はテニスクラブの代表だ。さらにその後ろには、腰巾着のように常に梨羽と一緒にいる豊永《とよなが》がいる。仲森が自分の意思を持たない子分なら、豊永は虎の威を借る狐《きつね》といったところか。質《たち》の悪さでは、豊永は梨羽に引けを取らない。雅純はこの二人が特に不得手だ。不得手だが、少しでも怯《ひる》んだ態度を見せれば図に乗るに違いなく、彼らの前では無理をして突っ張らざるを得なかった。

梨羽はツカツカとこちらに向かって歩いてくる。テニスで鍛えた体は筋肉が発達していて、腕力も脚力も雅純の比ではない。吊《つ》り目のせいか気の強い猫のような印象の顔に、ウエーブのかかった黒髪が被《かぶ》さっている。癖の強さが外見にも表れていると雅純は梨羽を見るたびに思う。

一瞬目が合ったが、素知らぬ振りをして日誌に視線を戻し、必要な報告事項を記入していると、傍らに梨羽が立った。

「無視するなよ、仁礼。さっき目が合っただろう」

初めから絡む気満々でよそのクラスの教室に踏み込んできた梨羽に、雅純はふっと溜息《ためいき》を洩《も》らした。

「何の用？　田主丸なら少し前に出ていったよ。今頃クラブハウスに着いているんじゃないか。

入れ違いになったようだな」

顔を上げもしないで、淡々とした口調で応じる。雅純のそっけない態度に、梨羽が怒気を募らせるのが見るまでもなく察せられた。

「相変わらずスカしたお姫様だぜ」

「その呼び方、やめてくれないか。好きじゃない」

雅純は感情を抑えた声で言う。穏やかだが、その分冷たく聞こえると承知の上だ。梨羽はかまえばかまうだけ執拗《しつよう》に絡んでくる。無視すると、それはそれでムキになっていつまでも引かない。必要最低限の受け答えをしてあしらうのが一番面倒くさくないと、この五年間で思い知らされている。

「おい、おまえたちは先にクラブハウスに行ってろ。練習試合のダブルスの件、田主丸に言っておけ」

梨羽は連れの二人を行かせて一人になると、まだ話は終わっていないとばかりに隣の机に尻を浅く乗せ、雅純の横に居座る。

ちょうど日誌を書き終えたところだったこともあり、雅純はやむなくペンを置いて梨羽を振り仰いだ。

「僕に何か？」

あらためて聞く。我ながら取り澄ましていると思うが、ほかにどう対応すればいいか考えつけない。さぞかし鼻持ちならない気取り屋だと、梨羽は不快に感じているだろう。

「おまえ、この前の体育の授業で、バスケの紅白戦に一分だけ出たそうだな」

「あの日は比較的体調がよかったから、見学しないで授業に参加した。それが?」

どこから聞くのか知らないが、そんなつまらないことまでいちいち突っかかってくるのか、と雅純は内心辟易《へきえき》していた。

「相手チームのディフェンスを次々に抜いてシュートを決めたそうじゃないか」

「一本だけだ」

話の趣旨が見えずにモヤモヤした気持ちで、雅純は慎重に返す。

いつのまにか教室には雅純と梨羽以外いなくなっており、二人きりにされたことに不安が湧いてくる。廊下から教室内は嵌《は》め殺しの窓越しに見えるので、誰かが通れば密室ではないのがせめてもの救いだ。

「謙遜するな。見事なドリブルだったとバスケクラブのレギュラーが感心していたぜ。おまえ、体が弱いってサボリの口実なんじゃないのか?」

「今さらそんな疑いを持たれるとは、驚いてしまうな」

実際、雅純は呆《あき》れていた。

厳密に言えば、サボリなのは事実だが、運動が苦手で、とか、その時間も勉強したいから、といった理由からではない。梨羽に理由を明かすわけにはいかないが、勝手な憶測による無神経な発言は、雅純を苛立《いらだ》たせ、やるせない気持ちにさせた。

「フン。確かにおまえは細くて、生っ白くて、いかにも早死にしそうな感じだが、それにしても一人だけ特別扱いが過ぎるんじゃないのか。伯爵家はいったいおまえのためにどれだけの金を積んでるんだか」

「話はそれだけ？」

早くも梨羽と向き合っているのが苦痛で、居たたまれない心地になってきた。

雅純が椅子を引いて立ち上がる素振りを見せると、梨羽は「これからだよ」と不機嫌さを丸出しにし、雅純の肩を邪険に押さえつけて座り直させた。

力ではまったく歯が立たない。雅純は浮かしかけた尻を座面に戻すはめになり、尾骶骨《びていこつ》を打って眉間に皺《しわ》を寄せた。

「乱暴だな」

「話の途中で逃げようとするからだろうが」

「悪いけど、僕だってそんなに暇じゃないんだ。この日誌を早く担任のところに持っていかないと、遅い、何をしていたんだ、と怒られてしまう」

「笑わせるな。仁礼兄弟に小言が言える教師などいないことくらい、入学したての中等部一年のガキでも知っている」

「兄はとっくに卒業してるけど」

「いまだにおまえには高範《たかのり》先輩の威光が効いてるって皆思ってるんだろ」

「兄は兄、僕は僕だ」

詰まるところ、梨羽は雅純にただ難癖を付けたいだけで、用事など元々ありはしないのだ。最初からわかっていたが、席を立つタイミングを計っていたら、いよいよ煩わしいことになってきた。

日誌を手にもう一度立ち上がりかけた雅純を、梨羽が今度は乱暴に胸板をドンと手のひらで突いて押し戻す。

雅純の体重の軽さは梨羽の想像以上だったらしく、雅純は椅子ごと転倒し、床に肩をしたたかにぶつけてしまった。

「……っ！」

「何してるんだ、おまえら」

豊永がわざわざ閉めていった出入り口の引き戸を、ガラッと勢いよく開けて入ってきた同級生が、仰天した声を出す。雅純と同じクラスの嘉瀬《かせ》真路《まさみち》だ。

「おまえ、隣のクラスの梨羽だな」

「チッ」

「あっ、おいっ！」

まずいやつが来た、と思ったのか、梨羽は忌々しげに舌打ちすると、嘉瀬の横を足早に擦り抜け、俺は何も関係ないとばかりに教室から出ていった。

「逃げ足の速いやつ」

嘉瀬は梨羽を追おうとはせず、大股で雅純の許《もと》へ来ると、雅純が立ち上がるのに手を貸してくれた。

「大丈夫か。怪我《けが》は？」

「ない」

雅純は制服に付いた埃《ほこり》を払い、長めに伸ばしている髪の乱れを手櫛《てぐし》でサッと直した。

それからあらためて嘉瀬に礼を言う。

「……ありがとう」

「なんともないならいいが、あいつ、相変わらずきみに突っかかってるようだな」

嘉瀬は雅純の全身を一瞥《いちべつ》し、すでに影も形もなくなった梨羽の後ろ姿を睨《にら》むように出入り口にチラと視線を流す。

「きみこそ、相変わらず今日もほとんどの授業に出ていなかったね」

雅純はさらっと皮肉を込めて返した。

梨羽を退けてくれたのはありがたいが、彼ほどではないにせよ、嘉瀬も雅純には苦手な部類だ。顔を合わせると興味津々なまなざしを注いでくるので、落ち着かない。

嘉瀬は型にはまらない自由気ままな男だ。上背があって肩幅が広く、胸板も厚い、いかにも頑健そうな体つきをしており、腕っ節が強そうな印象がある。けれど、見かけに反して本人は穏やかで、飄々《ひょうひょう》としていて、気さくな性格のようだ。

そもそも彼は学院一の変わり種で、一度よその学院を休学して海外に二年間遊学したあと、昨年本学院に編入してきたという特殊な学歴の持ち主だ。年齢も雅純たちより二歳上になる。家庭環境もあまり知られていなくて、実家は爵位こそ持たないがどこかの高貴な家から数代前に枝分かれした名家だと聞くが、事実かどうかは誰もはっきりしていないはずだ。

嘉瀬は、人当たりはいいが、付き合い方は広く浅くで、特定の友人は作らない主義らしい。授業にはほぼ出てこず、毎日どこで何をしているのか、把握している者はいないようだ。教師たちも匙《さじ》を投げるほどのサボリ魔だが、進級試験だけは見事な成績でパスしているので、頭は相当いいのだろう。

嘉瀬のことはよくわからない。わからないから、悪い人ではなさそうだと思いながらも、雅純は気を許せずにいる。

「授業ねぇ。かったるいことは好きじゃないんだよ。いちおう俺、留学先で高卒と同等の資格取ってるしね」

嘉瀬は雅純の顔を面白そうに笑みを湛《たた》えて見据え、反省の色もなく言う。

だったらなぜこの学院にわざわざ編入したんだ、と聞きたかったが、できるだけ嘉瀬とは距離を置いて接することにしているので、会話を長引かせるようなまねは控えた。

「きみは、こんな時間に教室に何の用？」

黒表紙の学級日誌を小脇にかかえ、通学用の鞄《かばん》を右手に持って席を離れる素振りを見せると、嘉瀬もまた、「鞄を取りに」としゃらっと答え、廊下側の一番後ろの席から自分の鞄を取ってきた。そうか、と雅純も納得せざるを得ない。

「職員室経由で寮に帰るんだろ？　俺も一緒に行ってやるよ」

「結構だ」

「そんなつれなくしなくたっていいだろ。途中で梨羽たちが待ち伏せしているかもしれないぜ。あいつ、俺に邪魔されてえらく不服そうだったし。きみが一人になったらまた現れないとも限らない」

一度はきっぱり断ったが、梨羽の名前を出されて雅純は怯んだ。

「行こうか」

ポン、と背中を手のひらで軽く叩いて促され、雅純はそれ以上断るタイミングを失してしまった。

仕方なく嘉瀬と並んで廊下を歩きだす。

「鞄、持とうか?」

「必要ない」

雅純は語気を強め、不快そうに目を怒らせた。よけいなお世話だ。他の同級生と歩くときにも、同じように言うのかと問い質《ただ》し、どういうつもりで雅純にこんなかまい方をするのか真意を確かめたくなる。

「おっと! 失礼。きみはお姫様扱いされるのが嫌いなんだったな。別に他意はなかったんだが。言うなれば、習性、みたいなものだ。尽くしたくなる性分なんだよ。特に、きみみたいに高貴な雰囲気を撒《ま》き散らしている人にはね」

「習性? おかしなことを言うんだな」

意味がわからない、と雅純は前を向いたままそっけなくあしらった。

雅純よりかなり背の高い嘉瀬が、見下ろす形で視線を浴びせてくる。何か言いたげな雰囲気だったが、無言のまま廊下の端まで来た。

次に嘉瀬が口を開いたのは、階段を下り始めてからだ。

「きみのお兄さん、在学中ものすごい人気と人望があった伝説的な有名人なんだってね」

いきなり高範のことを話題にされて、雅純は虚を衝《つ》かれた。すぐに、先ほどの梨羽との遣《や》り取りを聞かれていたのか、と気づき、腑に落ちる。むしろ、自分のことをあれこれ聞かれるより、兄の話をするほうが間が保《も》って気が楽だ。

「今は、この学院の学生の主要進学先になっている大学の三年に在籍している」

雅純は高範が大好きなので、兄の話をするときは自然と気持ちが緩み、口調も柔らかくなる。国内に十数校ある中高一貫教育の全寮制名門校の中でも、特に優秀な学生を集めた本学院において、高範は他を寄せつけないほど抜きんでた存在だった。雅純は少なからずブラザーコンプレックスだと自覚しているが、身内の贔屓《ひいき》目を差し引いても、兄の素晴らしさは衆目も認めるところだろう。

在学中数々の逸話を残した高範は、後輩たちの間ではもとより、教師陣からの覚えもめでたく、卒業後三年経《た》ってなお皆の憧憬《どうけい》を集めていて、しばしば話題に上るほどだ。

「お兄さんの評判というか、伝説を聞くと、一度会ってみたかったと興味が湧くね。去年の学祭、俺はここに来たてで何も知らずにパスして参加しなかったんだが、お兄さん、来てたんだってな。今年も来るの？」

「そのつもりだと聞いているけど」

雅純も久しぶりに会えるのを楽しみにしている。学祭は毎年六月最後の週末に、二日間に亘《わた》って開催される。年間行事のうちでも規模の大きなものだ。すでに今もう各クラブやクラスでは演《だ》し物《もの》の準備が始まっている。

「なら、今年は俺も張り切って手伝うかな」

「そうしてくれたらクラスの学祭実行委員も助かるんじゃないか。きみは、いささか勝手な行動が多くて、皆困惑している」

「優等生的発言だなぁ。顔に似合わず結構きついよね、きみ」

嘉瀬は応えたふうもなくあははと愉快そうに笑う。

「お兄さんもすごい方なんだろうけど、きみも何をさせても期待以上の結果を出す優等生だよな。先日、学院長とちょっと話す機会があって、どういう流れだったかは忘れたんだが、仁礼伯爵のことが話題に上ったんだ。学院長はお父上と懇意にされているんだってね。きみたち兄弟を幼少の頃から知っている、とおっしゃっていたよ」

「学院長と父は、それこそ、学生時代をこの学院のような中高一貫教育校で共に過ごした仲らしい。おかげで僕もいろいろと便宜を図っていただいて、恩恵に与《あずか》っている」

階段を下りきり、緑が美しい中庭を横切る渡り廊下に出ながら、雅純はなんとなく自虐的な気持ちに駆られ、よけいなことまで言ってしまった。すぐに後悔したが、出した言葉は取り消せない。

「便宜、か」

なんのことを指しているのか考えるように呟《つぶや》いた嘉瀬に、雅純は畳みかけて言った。あれこれ詮索されるより、自分から話したほうが気が楽だ。

「我《わ》が儘《まま》と言い直したほうがいいかもしれない。寮で個室をもらっている学生は、僕と監督生の二人だけだ。監督生が個室なのは創立以来の決まり事だけど、一般の生徒で認められた例は少ない」

「ああ、一人部屋のことか。確かにすごい特別待遇だなと思っていたが」

雅純が部屋の話を振ったので嘉瀬もいちおう乗ってきたが、実のところそれほど興味があるふうではなかった。元々、他人に関心が薄そうなので、誰が特別扱いされようがどうでもいいのだろう。嘉瀬のそうした態度はありがたい。無駄に気を張り詰めさせずにいられた。

「きみみたいな優等生でも我が儘を通すことはあるんだな」

嘉瀬はのんびりとした口調で言う。雅純と話を続けるためにこの話題に食いついた感じだった。

「寝るときにまで傍に人がいるのは苦手なので。家族でさえだめだから、父が学院長に頼んで、無理を聞いていただいた」

「普通は、中等部の頃は四人部屋、高等部に上がってからも二人部屋だろう。まぁ、でもきみは、あんまり体も丈夫ではなさそうだし、皆、理解してはいるんじゃないか」

「兄の威光がどうのと、梨羽あたりはすぐ嫌味っぽく言うところだろうけど」

「梨羽ね。彼はどうしてきみを目の仇にするんだろうな。特別という意味では、彼もそうだから、よけいきみやお兄さんを意識して対抗心を湧かすのかもしれないな。きみに関しては特に、『そう』じゃないのに、自分より多くの点で優れているのが気に食わないんだろう。俺としては、ノブレス・オブリージュのかけらもない梨羽に同種の恥を感じるよ。ま、もっとも、サボリ魔の俺にだけは言われたくないと向こうも眉を顰《ひそ》めるだろうけど」

本当にそのとおりだと思ったので、雅純は薄く口元に笑みを浮かべた。

だが、嘉瀬の口から次に出た言葉を耳にして、その笑みは凍りついてしまった。

「梨羽は結婚相手とは別に、番《つがい》にする相手を求めているようだが、正直、彼に目をつけられたオメガには同情するね。今、この学院には希少種の生徒はいないそうだから幸いだが、いたら、絶対に一人になるなと忠告する」

オメガ。希少種。

雅純にとって不幸を呼び覚ます呪文のような語句が氷の刃となって心臓を射貫《いぬ》く。

雅純はその場で足を止め、一歩先に進んで訝《いぶか》しそうな顔をして振り返った嘉瀬に、どうにか平静を装い、もうここで、と告げた。

「何か気に障ったか？」

嘉瀬は腑《ふ》に落ちなそうな口振りで首を傾《かし》げたが、その目は真摯で、なんとなく言葉と本心が合致していない印象を受けた。

この男も、よくわからない男だ。腹の内が読めず、どこまで信じていいかわからない。やはり、警戒し、慎重にならなければ。

雅純は気を引き締め、にわかに態度を硬くした。

「職員室はすぐそこだ。きみは今日もさんざんサボったんだから、堂々と職員室にまでついてくる気はないだろう？」

「そうだな」

嘉瀬は雅純の顔をひたと見据えたまま、軽く肩を竦《すく》めた。その表情は真面目そのもので、よく見れば聡明《そうめい》な顔つきの、なかなかの男前だ。二年のときから同じクラスだが、これまでちゃんと向き合ったことがなく、今さらながら認識した。

「じゃあ、またな。気をつけて帰れよ」

案外あっさりと嘉瀬は雅純を置いて渡り廊下を引き返していった。

嘉瀬と別れて一人になった雅純は、ふっ、と思わず溜息を洩らしていた。
嘉瀬は――いや、嘉瀬がと言うよりも、アルファは苦手だ。肉親である兄を除いて。だが、それ以上に存在自体を疎ましく感じているのは、希少種などと称されるオメガである自分自身だ。

＊

この世界には、男女の性に加えて、アルファ、ベータ、オメガという三つの性的種別が存在する。大多数の人間が男女の区別以外の特徴を持たないベータとして生を受ける中、雅純は一万人に一人の確率と言われる男性体のオメガに生まれついてしまった。

雅純がひた隠しにしている秘密とは、このことだ。

オメガゆえのリスクやハンディキャップから身を守るため、父の旧知の友人でもある学院長や、校医に保護してもらって、どうにかこれまでの五年間、無事に全寮制の学院生活を過ごしてこられた。

雅純は今でもときどき我が身を呪い、早く生を終えたいと願うことがある。

周りに気づかれてはいけないと神経を磨《す》り減らす毎日は緊張の連続で、寮の一人部屋がなかったなら、とうに精神的に参って、心か体か、もしくは両方共か、壊していたのではないかと思う。

　オメガにはアルファの性的欲求を刺激するフェロモンが備わっており、毎日抑止薬を服用しなければ、アルファを誘ってしまうことになりかねない。二十八日周期で訪れるヒートと呼ばれる生理現象が起きた際にも、その薬で抑える。ヒートとはオメガ自身が激しく欲情する、いわゆる『さかり』のことだ。さかりが来ると理性が吹き飛んでしまって、アルファの精を受けること以外何も考えられなくなるほど苦しい目に遭うらしい。幸い、雅純は生まれてこの方ヒートを経験したことがない。高価な薬をずっと飲み続けてこられているからだ。

　アルファは雅純にとって警戒すべき危険な存在だ。

　オメガほどではないが、アルファの出生率もそれほど高くない。にもかかわらず、なんの因果か、雅純の学年には二人もアルファがいるのだ。

　そのうちの一人が梨羽子爵家の一人息子、梨羽尊志であり、もう一人が、今し方まで一緒だった嘉瀬真路だ。

　オメガは、アルファよりさらに数が少なく、どういう遺伝の法則ゆえかは明らかにされていないが、今のところ、ほとんどが下層階級に低確率で誕生している。貴族をはじめとする上流階級か、資産家の家庭に生まれた子弟が大半を占める学院に、オメガの生徒がいるのは極めて珍しい。雅純は家系的には突然変異のオメガだ。親族を何世代遡っても、オメガが出生した記録はない。

全部で六通りの性が存在するとはいえ、全人口の九割弱は男女の差があるだけの普通の人間、ベータで、残り一割強のうちの七割が優性種と呼ばれるアルファ、三割が希少種のオメガだ。最もわかりやすい特徴を挙げるとすれば、アルファはオメガを妊娠させる能力を有している、ということになるだろう。いずれも男女を問わず、である。

そのため、オメガはアルファの性欲を刺激するフェロモンを常に発散するのだが、これはベータに対してはなんら影響をもたらさないし、受けもしない。アルファとの間にだけ生じる因果を持って生まれたのがオメガだとも言えるだろう。

「今この学院に希少種の生徒はいない、か」

嘉瀬の発言を深読みせずに受け取るなら、嘉瀬に対しても雅純がオメガであることは隠しおおせているということだ。カマをかけられた気がしないでもないが、なんとか躱《かわ》せたと信じたい。

職員室に日誌を届けに行って、再び渡り廊下まで来た。

中庭を通る渡り廊下にいるのは雅純だけだ。ここから離れたグラウンドから、クラブ活動に励む学友たちの掛け声や、ボールを打つ音などが聞こえてくる。活気に満ちた光景が目に浮かぶ。中庭はそれと相反して静かだ。人気《ひとけ》もなく、夕陽《ゆうひ》に照らされて赤みの強い金色に辺りを染めている。

手入れの行き届いた芝生や、色とりどりの花が咲いた花壇、見事な枝振りの木々。隅々まで管理され、愛情を注いで面倒を見てもらっているのが感じられ、あらためていい庭だと思う。

立ち止まって空を仰ぐと、黄昏《たそがれ》色に焼けた陽光が眩《まばゆ》くて目を細める。

ガサッ、と背後で葉擦れの音がした。

はっとして振り返ると、渡り廊下を挟んだ反対側の庭に、作業着姿の男が立っていた。

ドクンと心臓が跳ねる。

ああ、まただ……と雅純は速まる鼓動を持て余しつつ思った。

てっきり誰もいないと信じて緊張感をなくしていたところに彼が突然現れて、不意を衝かれたせいもあるが、この若くて端正な佇《たたず》まいをした用務員に対すると、雅純は我ながら不可解なくらい胸苦しくなって、平静を保つのに苦労する。普通の人と比べて感受性が鋭く、なにかにつけて過敏に反応しがちなのはオメガの特質だが、それだけでは説明のつかない要因があるのではないかと疑いたくなるほどだ。

雅純は、彼に変なところを見られたのではないかと心配になり、とても気まずかった。

「こんにちは」

なんとか落ち着きを取り戻し、礼儀正しくお辞儀をして挨拶する。

実家でも学院でも、自分たちのために働いてくれている人々に対して礼を尽くすようにとの指導は厳しく受けている。

すると、相手も帽子を取って頭を下げた。驚くほどの速さで再び被り直してしまったので、いつものごとく顔はよく見えなかった。常につばの大きなキャップを目深に被っているため、高くて形のいい鼻梁《びりょう》と、情の濃そうな優しげな口元以外はちゃんと見たことがない。百八十近い長身に均整の取れた逞《たくま》しい体躯《たいく》をしているにもかかわらず、人見知りする質なのか、擦れ違うときは必ず俯《うつむ》いており、こちらから挨拶しても彼のほうは黙って会釈を返すのみだ。今もまさにそうだった。

帽子を取って正面を向いた顔はどんな感じだろう、とか、どんな声をしているのだろうなどと想像を巡らせるくらいには、雅純は彼、三宅《みやけ》に関心があった。作業着に縫い取られたネームタグの『三宅』という苗字《みょうじ》を間近で見て、ここまで接近したのは最初に図書館で擦れ違ったとき以来だと記憶を手繰っていた。

おそらく用務員の中では一番若く、学院に勤め始めてまだ二年弱だが、仕事熱心で有能そうだ。無口で物静かな用務員さん、と他の学生たちも言っているので、雅純に対してだけこうした態度を取るわけではないようだ。

い。

雅純は三宅のことがどうもどこか引っ掛かるようだ。目に入るたび、意識せずにはいられない。

三宅は学院に雇われて構内の施設の管理やメンテナンスをする業者の一人で、必ずしも関わりを持たねばならない相手ではない。胸がざわついて落ち着けなくなるほど神経に障るのであれば、無視すればいい。しかし、姿を見かけると視線を引きつけられ、注目せざるを得なかった。

年齢が比較的近いせいかもしれない。三宅は二十五、六歳らしいと誰かが言っていた。下層階級の出で、学院の雑務を引き受ける仕事をしてはいるものの、学はあるようだとの噂も耳にする。

実際、雅純も三宅が休憩時間に木陰のベンチで弁当を広げていたとき、傍らに何度も繰り返し読んでいるかのようにくたびれた本が置かれているのを見たことがある。小説ではなく、物理学か何かの本のようだった。学者でもないのに、そんな難解そうな本を息抜きに読むとは、ずいぶん変わっている。よくわからない男だと思った。

わからないのに、こうやって見かけると、どういう人物なのだろうと思考を巡らせてしまう。他の誰に対するときより神経を研ぎ澄ませ、意識せずにはいられない。

何人かで固まって歩いているときはまだ気が紛れるので平気だが、一度、一人のときに至近距離で擦れ違うはめになった際には、それこそ心臓が破裂するのではないか、胸板を突き破って飛び出すのではないかと不安になるほど緊張した。

ある時など、雅純があまりにも気を張り詰めさせていたので、三宅にも緊迫した空気感が伝わったのではないかとヒヤッとしたことがあった。一瞬、俯きがちにしていた顔を上げてこちらに視線をくれた気がするのだが、実のところどうだったのかは知る由もない。三宅は学生一人一人に興味など持っていなそうだから、たとえ雅純を一瞥したとしても、次の瞬間には頭から消し去ったのではないかと思う。

仕事熱心で真面目だが、周囲に無関心で、いつも一人でいる、面白みのない無骨な用務員——それが雅純が三宅に対して持っている印象だ。

オメガの特性として、勘の鋭さ、相手の気持ちに共鳴しやすい、感化されやすい等もあると言われているので、まんざら見当違いではない気がする。

いつもなら挨拶だけ交わして擦れ違うのだが、周りに他の人間がいる気配が全くしない状況で出会《でくわ》すことなど、この先めったにないだろう。勇気を奮い起こして話し掛けてみる気になった。いつまでも「こんにちは」と会釈だけの関係では進歩がなさすぎる。興味があるなら自分から積極的になればいいのだ。

「今日はもう、お仕事終わりですか」

えっ、と三宅が驚いたように俯けていた顔を上げた。それでもなお、つばの陰になって顔全体は見えないが、こうして向き合って挨拶以上の会話を交わすのは初めてで、やっと少し距離を縮められた気がする。

「ああ、ええ、そうですね」

穏やかな声音が雅純の耳朶《じだ》を打つ。少し低めのテノールだ。ズンと下腹部に疼《うず》くような感覚をもたらす色香があって、雅純はゾクリと顎を震わせた。

「中庭の見回りがすんだら上がりです」

心なしか三宅も少し気を張り詰めさせているようだ。

雅純はますます三宅に親近感を持った。

上下揃《そろ》いの薄茶色の作業着に、つばの大きなキャップを目深に被った姿はすでに見慣れたものだ。だが、こんなふうにしばしの間気兼ねせず見続けたのは初めてで、手足の長さや頼りがいのありそうな背中、厚みのある胸板に目が釘付《くぎづ》けになる。

三宅は、アルファとして生まれた兄、高範に勝るとも劣らない頑健で美しく恵まれた体軀をしている。ベータの中にも限りなくアルファに近い優れた素養を持つ者がいる。個々の能力に差が出やすいのがベータという種だ。貴族の家系に生まれたからといって凡庸な者もいれば、貧しい下層階級の家から突出した才能を持った者が出ることもある。三宅もそれに近いのかもしれない。本人が野心と向上心を持つならば、他にも就ける職業はいろいろありそうだ。

もっとも、こうして見ている限り三宅は今の仕事に不満はないようだ。いつだったか、花壇に落ちた枯れ葉を拾う際、ついでに優しく花弁に触れるのを目撃したことがある。そのとき雅純は、彼はこの仕事が好きなんだなと思った。人よりも、物言わぬ花や樹《き》のほうが三宅には扱いやすく、愛情を注げるのかもしれない。

勇気を出して三宅に話し掛けてはみたものの、案の定会話は弾まない。それでもこうして一言二言は交わせたので、僅かながら進捗はあった。今日のところは欲張らずにここまでにしておくか、と雅純が引き揚げかけたとき、今度は三宅のほうから遠慮がちに聞いてきた。

「……きみは、まだ帰らないんですか」

再び話し掛けられたのが予想外だったのと、三宅に雅純がどのクラブにも属していないと知られているらしいことの両方に驚き、雅純は動揺した。

「こ、これから……帰るところです。日直だったので、いつもより遅くなりましたけど」

ああ、と三宅は納得したように頷《うなず》く。

つばで隠れて見えないのに、なぜか三宅が目を優しく細めた気がした。

「気をつけて。もうすぐ日が落ちます。ここと寮は同じ敷地内にしてはかなり離れていますから」

気をつけて。さっき嘉瀬にも言われた。

だからだろうか。なんとなく二人の印象に似たところがあると感じて、妙な感覚に包まれた。束《つか》の間《ま》そんなことを考えてぼんやりしていた間に、三宅は背中を見せて渡り廊下の傍から離れていた。

背筋の伸びた姿勢のいい後ろ姿を見送りながら、一日の最後に心がほっこりする出来事があってよかったと雅純は嚙《か》み締める。

寮で一人になってからも、しばらく三宅との遣り取りを反芻《はんすう》してしまいそうだ。

一部の生徒からやっかみは買っているが、雅純は個室に相当支えてもらっている。おかげで極力他の生徒と一緒にいる時間を減らせ、精神的に楽になれた。クラブ活動にも参加していないし、さっさと帰寮して勉強に励み、せめて学業成績だけは学年トップを維持しなければ方々に面目が立たない。

雅純は三宅と別れたあと、寄り道せずに寮に向かった。

仁礼伯爵家という、貴族の中でも名門中の名門に次男として生まれながら、男であって男でないオメガ性だと社交界に知られたら、末代までの恥だ。五歳で受けた検診の結果、雅純がオメガだと知らされた母は動顚《どうてん》して泣き崩れ、雅純共々家を出るので離縁してくれと父に懇願するほど思い詰めていたそうだ。

父はこの事実を家族以外には極一部の協力者を除いて秘密にすると決意し、雅純をベータとして届け出た。

だから、この学院内で雅純が本当はオメガだと知っているのは、学院長と、彼の息がかかった校医の二人だけだ。

基本的にベータの生徒にはオメガを嗅ぎ分ける能力はない。問題はアルファだが、雅純が毎日欠かさずフェロモンを抑える薬を服用してさえいれば、アルファの性衝動を煽《あお》ることも、自分自身がヒート状態になって苦しむこともない。

中高の六年間、そして大学に進んでからの四年もしくは六年間、それまで上手《うま》くやり過ごせたなら、以降は独立して海外に住むなどして伯爵家に迷惑をかけずに生きる道を見つけられるだろう。雅純自身、アルファの番の相手にされるのも、孕《はら》まされるのもごめんだった。そんな屈辱に甘んじなければいけないくらいなら、死んだほうがきっとましだ。

今まで同様に、これからも、誰も好きにならず、誰にも心を許さず、一人で生きていく。自分の性を理解し、様々なことを諦めたときから雅純はそう考えていた。

そのためにも今は優等生として精一杯そつなく完璧な振る舞いをするよう、一時も気を抜かずに努力し続けなければいけない。

あっというまに暮れてきて黄昏色が濃くなった空の下を歩きながら、己の将来に思いを馳《は》せるうちに、雅純は自然と背筋を伸ばして顎を軽く擡《もた》げ、いかにも名家の子弟らしい優雅で少し尊大な足取りになっていた。

＊

できるだけ目立たず、他人から関心を持たれないように振る舞って、可もなく不可もなくで十把《じっぱ》一絡《ひとから》げにされる——物心ついたときからそれが雅純の理想だったが、中等部に入学して早々、そうあるのも結構難しいことだと気がついた。

上流階級の子弟が社交界デビューするための必須項目とされる、全寮制の中高一貫教育機関での就学は、貴族の家に生まれた雅純にとって避けては通れない道だ。名家の子弟はそこで初めて家を離れ、社会的な生活を体験する。初等教育までは専門の資格を持つ家庭教師が各家庭を訪れ、個別指導するのが富裕な家の習わしになっており、雅純の秘密を守るのに苦労はなかった。

けれど、学院で初めて同年配の子供たちと顔を合わせ、共同生活をすることになって、雅純は自分がいかに目立つのかを思い知らされ、ただ静かにしているだけではだめなのだと路線変更を余儀なくされた。

今まで家に籠もりきりで、家人としか交流してこなかったので、自分が抜きんでた美貌をしているという自覚がなかった。綺麗《きれい》な新入生が来たと初日から評判になり、あっというまに学院中に存在を知られ、行く先々で好奇に満ちたまなざしを浴びせられ、困惑を通り越して恐怖した。最初わけがわからず、秘密が早々に暴かれたのだと震えたのだ。

羽振りのいい名門伯爵家の出身で、開校以来の逸材と褒めちぎられていた有名人の兄を持つことも、雅純が特別視される理由の一端を担っていた。

とてもその他大勢でいられそうにない。

多くはないが、中には雅純を鼻持ちならないと嫌い、あからさまに嫌味を言ってきたり、陰口を叩く者もいる。

べつに誰にどう思われようとかまわないのだが、衆目を集めて一挙手一投足を話題にされるのは、とても疲れる。

取り巻きが何人いようと雅純が孤独を嚙みしめて生きていることに変わりはない。

それでも、もうあと一年辛抱すれば、学院を卒業し、寮住まいから解放される。大学では、四六時中人の目を気にすることなく、好きな勉強に勤《いそ》しめる。この春、高等部三年に進級してから、雅純の肩の荷はいっそう軽さを増した。十一月には十八歳の誕生日を迎え、いよいよ成人の仲間入りをする。海外で暮らすのも己の意志次第だ。誰にも迷惑をかけずに、贋《にせ》ベータとして生を全うすると、雅純は早い段階から決意している。優秀な兄がいてよかったとつくづく感謝する。おかげで雅純は心置きなく家を出られる。

元々は舎監の部屋だったところを、雅純は中等部三年のときから使っている。それまでは通常二人で使う上級生用の部屋に一人で入っていた。二間続きの贅沢《ぜいたく》な舎監室に雅純が移ったのは、寮を建て増しした際、舎監用に新たな部屋を造ったからだ。

二間続きの部屋のうち、奥の間は天蓋付きのベッドが据えられた寝室だ。四畳半程度の広さしかなくて、ベッドとチェストの他には家具らしい家具は置いてないのだが、出窓が付いていて、雅純はそこに腰掛けて外を眺めるのが好きだった。

朝夕決まった時間に服用しなければいけない薬を、ベッドサイドチェストの抽斗《ひきだし》から取ってきて、水差しに用意してある水をグラスに注ぐ。薬は小さめのタブレット一つだ。だが、これを一度でも飲み損なうと、オメガの放つ匂いを本能的に嗅ぎつけるアルファには、雅純が実はそうだとたちどころに見抜かれてしまうだろう。

自分は兄弟だから、おまえの体臭には反応しない。けれど、とてもそそるよい匂いを放っているのはわかる——一度試しに、薬なしの状態のとき兄に傍に来てもらったら、高範は真面目な顔をしてそう言った。くれぐれも他のアルファを刺激してはいけない。理性を失ったアルファに押さえつけられたならば、オメガのおまえに抵抗する術《すべ》はない。真剣な表情で念押しされた。

襲われるだけならばまだしも、万一所有の証《あかし》として首筋を噛まれたら、否応もなく雅純はそのアルファの番にされてしまう。そういう不本意な目に遭わないために、通常オメガは首に革製の保護ベルトを巻いている。だが、オメガであることを隠したい雅純は、それを身につけることもできず、とにかくオメガだとバレないようにするしかないのだ。

経口剤を服用すると、副作用で体が怠《だる》くなる。朝は寝起きが悪く不機嫌だということにして凌《しの》ぎ、夕方は一日の疲れが蓄積して夕食前に仮眠をとらないと体が保たない、と皆には説明してあった。

クラブ活動に参加できない本当の理由はこのせいだ。薬を飲む時間をうっかり忘れようものなら大変なことになる。

雅純にとって一番の不運は、同学年にアルファが二人もいることだ。毎年一人いるかどうか、いない年が何年か続くこともあるくらい普通はもっと低確率らしいのだが、たまたま当たり年だったようだ。

そのうちの一人である嘉瀬真路は高二の春からこの学院に来たので、それまでは、最初から同学年にいる梨羽尊志だけに気をつけていればよかった。

よりにもよってアルファ性を持つ年上の男がイレギュラーに現れるとは、およそ誰も予想しておらず、学院長も当惑したようだ。

人数の関係から雅純と同じクラスに入ることになったのも、やむをえないことだった。幸い、と言っては悪いのだが、嘉瀬は豪放磊落《らいらく》な男らしく、めったに授業に出てこないサボリ魔で、雅純としては助かっている。とある著名人の落とし胤《だね》との噂も流れたが、本当かどうかは誰も知らないようだ。

厄介なのは子爵家の跡継ぎで、やたらとプライドの高い梨羽尊志だ。

梨羽は雅純をはっきり嫌っている。特別待遇が癪《しゃく》に障ると、中等部に入学した当初から周囲に不満を洩らしていたらしい。家柄的に子爵家は伯爵家より一つ格下になるのだが、それでも自分はアルファだという強い自負心を持っていて、なぜ雅純のほうが優遇されるのか、特別扱いされるのかと、納得がいかなかったらしい。中等部の校長に直接抗議したとも聞く。

結局はどうにもならず、不本意ながら引き下がらざるを得なかったようだが、そのために雅純への風当たりがいっそうきつくなった節がある。

自己愛の強さはアルファの多くが持っている特質らしいが、高範のように自我のコントロールに長《た》けた者もいる一方、自分は選民であり、崇拝されて然《しか》るべきエリートだと、己を正当化することばかり考える者もいる。

梨羽はわかりやすく後者のタイプだ。その上、自分より格上の者には媚《こ》びへつらい、僅かでも劣っているとみなすと卑下する狡賢《ずるがしこ》さを持っている。高範も高等部に在籍中、梨羽に纏《まと》わり付かれてさんざんお追従を言われ、苦笑を通り越して辟易していたようだ。あいつにはくれぐれも気をつけろ、と忠告されて久しい。

それにしても、五年経った今でもなお目の仇にされ、隙あらば地面に這《は》いつくばらせようと狙われているらしいことには、たいした執念だと逆に感心するしかない。諦めの悪さだけは認めている。

あと一年。正確には十ヶ月足らずか。

長かった寮生活もそれまでだと思うと、安堵《あんど》の気持ちが徐々に高まってきて、前ほど気を張り詰めなくなった。これまで無事に過ごせてきたことが、残り十ヶ月に満たない間にひっくり返るとは想像しにくい。特に代わり映えしない日々の連続が、惰性をもたらしつつあることは否めなかった。

薬のせいで少し熱っぽくなった体を冷まそうと、雅純は出窓にクッションを置き、片脚を上げて腰掛けた。背中にクッションを当て、凭《もた》れかかる。

窓は上にスライドさせて開ける仕組みだ。部屋に戻ったときには焼けるようなオレンジ色に濃紺が混ざりだしていた空は、今や完全に暗くなっている。刻一刻と色を変えていく景色は、今日一日世界のあちらこちらで起きた様々な物語を孕んでいるかのごとくドラマチックだ。

そよそよと吹き込んでくる風が火照った体に心地よく、雅純は目を閉じて至福のひとときを楽しもうとした。

「……だよなぁ。ほんと綺麗で、ちょっとでも目が合ったらドキッとする」

「俺たちには高嶺《たかね》の花だけど、同級生の先輩方の中には、卒業までになんとか口説けないかって本気でモヤモヤしている人もいるそうだぜ」

「いやぁ、無理だろ。オメガならともかく」

下から聞こえてきたお喋《しゃべ》りを、耳に入ってくるままにしていると、雅純にとって右から左に流せない因縁の言葉が出てきた。

雅純は閉じていた瞼《まぶた》を開け、窓から僅かに身を乗り出した。窓の外には落下防止のために瀟洒《しょうしゃ》なデザインの柵が付いており、その隙間から下が覗《のぞ》けた。

雅純の部屋があるのは二階だ。建物の外には誰の姿も見あたらないので、真下の給湯室で下級生たちがお喋りに興じているらしい。そちらの窓も開いているのだろう。

オメガが話題にのぼっただけでもヒヤリとして胸苦しくなったが、さらに雅純の動揺に追い打ちをかける会話が聞こえてきた。

「でもさぁ、ここだけの話、仁礼先輩って、ちょっとオメガっぽいよな」

さすがに不謹慎だと慮《おもんぱか》ったのか、先ほどまでと比べるとグッと声音は低く抑えられていたものの、耳を欹《そばだ》てていた雅純には充分聞き取れた。

確信を衝かれた心地で、雅純は一瞬本当に心臓が止まった気がした。

微熱を帯びて気怠かった体が、打って変わって瘧《おこり》に罹《かか》ったかのごとく震えだす。全身にザッと鳥肌が立ち、両腕で自らを抱くようにしても震えが治まらなかった。

単なる憶測で喋っているだけだ、ただの軽口だと己に言い聞かせ、乱れた心を鎮めようとする。けれど、平静になろうとすればするほど、動悸《どうき》は激しくなる一方だ。

「ええ？　俺わからないよ。だってオメガ見たことないもん」

下級生たちは無邪気に喋り続けている。

「俺は身近にいたんだ。父の秘書が男のオメガでさ」

「へえぇ、そうなんだ」

「でさ、その秘書が、すらっと細くて、抜けるような色白で、睫毛《まつげ》の長い目がむちゃくちゃ色っぽいんだよ」

「まんま仁礼先輩じゃん」

「仁礼先輩のほうが、それよりもっと美人だ」

雅純は息をするのも苦しくなってきた。限界まで張り詰めた神経の糸が、いつ切れてもおかしくない状況だ。切れた途端、気を失って床に転げ落ちてしまいそうだ。想像に難くなかった。

「でも仁礼先輩はベータだよ」

片方の後輩が当たり前のように切り返す。

大丈夫、まだ本気で疑われてはいない。そう思えて少し落ち着きを取り戻す。

「おい、そろそろ窓閉めようぜ。開けっ放しにしとくと怒られる」

ガタンと窓を閉める音がして、話し声はそこでふっつりと途切れた。

静かになると、雅純は知らず知らず詰めていた息をほうっと吐き出し、長めに伸ばした髪を搔き上げた。

自分の話を直に盗み聞きするのは心臓に悪すぎる。

バレるはずはない。今までバレなかったのだから、今後も同様に気をつけてさえいれば問題ない。

己に言い聞かせながら、床に下り、窓を閉めようと桟に両手を掛ける。まだ指が微《かす》かに震えていた。

『オメガ』は雅純を地獄に突き落とす呪いの言葉だ。

縛られたくはないが、縛られずに生きるのは至難の業だ。いっそ早死にしたいと思い詰めていた時期もある。

生きていても希望を見出《みいだ》せない。楽しみなど端《はな》から期待したこともない。どんなに成績がよかろうと、多少容姿が整っていようと、雅純の未来は限りなく不安定だ。なんの保障もない。

そもそも、オメガだということを世間に一生隠し通すなど、どう考えても現実的ではない気がする。隠せる限り隠すつもりだが、このところなんとなく嫌な予感がして、不安で仕方がない。

どうか卒業までこのまま何事も起きないようにと祈りつつ、雅純は窓を閉めた。

2

　六月に入ると、月末に開催される学祭の準備が本格化し、学院内はにわかに活気に満ちた慌ただしい雰囲気に包まれる。

　毎年のことなので雅純も慣れてはいるが、作業に没頭するあまり、うっかり薬を飲み忘れそうになることがあって、それが一番心配だ。飲み忘れても、大多数の生徒は雅純のフェロモンの影響を受けないベータだから、実質問題はない。しかし、雅純のクラスには二歳年上のアルファ、嘉瀬がいる。

　嘉瀬は、今年の学祭には協力的だ。雅純の兄、高範が来賓として来るなら会いたいと言っていたのは、まんざら冗談ではなかったようだ。学祭の準備が始まった途端、毎日教室に顔を出すようになった。

　雅純が嘉瀬を自然に遠ざけようとしても、嘉瀬のほうから「仁礼、ちょっといいか」「仁礼、おまえどう思う?」などと馴《な》れ馴《な》れしく声を掛けてくる。

　学祭当日、雅純たちのクラスは、往年の名作と称されるミュージカルの歌とダンスをコピーして披露することになっている。雅純は舞台に立ってくれとの要望を、またもや体力のなさを理由に断り、裏方に回らせてもらった。舞台に立って、不特定多数の人々に見られるなど、雅純には最も避けたい事態だ。背景のスクリーン製作や大道具類は製作担当班に任されている。雅純の仕事は、全体の進行管理と衣裳《いしょう》製作、本番での司会だ。

学祭が三日後に迫ったその日は、衣裳製作も最終段階で、非常に慌ただしかった。それだけでなく、あちらからもこちらからも進行上の相談を持ちかけられ、自分のことに気を回す余裕がなくなっていた。

はっ、と唐突に薬のことを思い出し、時計を見る。あろうことか、服用すべき時間から一時間近く過ぎている。

雅純は慌てて飾りボタンを付け終えたばかりの衣裳を置き、作業台を離れた。

嘉瀬は……と気になって教室内を見回したが、幸いいなかった。嘉瀬は大道具製作班なので、皆と一緒に製作用に借りた部屋で完成を急いでいるのだろう。

今のうちに、と焦る気持ちを抱えたまま教室を出る。

ドアを引いて廊下に出た途端、目の前にいた男に危うくぶつかりそうになった。

作業着姿の若い男——三宅だ。久しぶりにまた会った。渡り廊下でちらりと会話して以来だ。教室に用事があって、まさに入ろうとしていたところだったらしい。

「！　……っ！」

三宅も不意打ちを食らった様子で息を呑《の》む。声にならない声が開いた口から洩れた。

咄嗟《とっさ》に踏み止《とど》まろうとしてよろけ、つんのめりかけた雅純を、三宅は避けずに胸板で受けとめた。がっしりとした筋肉質の体軀はビクともしない。

即座に体勢を立て直し、体を離す。

「申し訳ありません」

自分より優に十センチ以上背の高い相手をかつてない至近距離から仰ぎ見て謝る。下から覗き込む形になって、初めて三宅の顔をはっきり目にした。想像以上に整った、爽やかな容貌をしている。思わずドキッとした。キャップのつばで隠れていたのが、ここまで理知的で精悍《せいかん》な男前だったとは思わなかった。

「……失礼しました……三宅さん」

急に恥ずかしくなって、そんなつもりはなかったのに、三宅の名前をわざわざ口にしていた。三宅の顔を間近で見るなり舞い上がってしまい、頭の中が真っ白になって思考が停止した。

ふわりと漂ってきた、少し甘さのある柑橘《かんきつ》系の香りが鼻腔《びこう》を擽《くすぐ》る。最初は微かだったのが、一度嗅ぐと嗅覚が敏感になったのか酔いそうになるくらい濃く感じられだした。香水など付けるタイプには見えなかったので意外だった。

三宅も少なからず戸惑っているようだ。ことに雅純が名前を呼んだとき、認識されていると は思わなかった、と言わんばかりに目を瞠《みは》った。涼しげで聡明さを感じる瞳が一瞬照れくささ うに揺らいだように見えたのは気のせいだろうか。すぐに帽子に手をかけて、つばをいっそう 深く下げたので、表情が見づらくなった。

「この教室に何かご用ですか」

なんとなくこのまま去りがたくて、雅純は優等生らしく対応した。早く薬を飲みに行かなく ては、と頭の中では警鐘が鳴っていたが、どうしてもこの場を離れる気になれない。一度話し てみて、前よりいっそう三宅が気になりだした。

体の奥深いところがジンと痺《しび》れるように疼《うず》き、鼓動が速くなる。今までこんなふうになった ことはなく、きっと薬を飲んでいないから体に異常が出始めているのだと思った。

こんな状態の雅純と向き合っていても三宅にこれといった変化は窺《うかが》えず、落ち着き払ってい る。三宅がアルファなら雅純の放つオメガ特有のフェロモンに性衝動を煽られているだろう。 なんともないということは、三宅がアルファではない証《あかし》と考えてよさそうだ。

「校内の防災設備の確認で、一部屋ずつ回っているところです」

三宅は雅純から心持ち顔を背けたまま耳に心地よい声で返事をする。しっとりとして穏やか な、やや低めのテノールが、下腹にズンと響く。前に聞いたときもそうだった。雅純は肌が粟《あわ》立《だ》つような、ゾクリとする感覚を味わった。些細《ささい》な刺激にも体が過敏に反応する。平静を装うのに苦労した。

口数が少なくて、遠慮がちな印象は変わらないが、一度話したことがあるせいか三宅の態度はよそよそしくは感じなかった。かといって、学生と必要以上に親しくする気もなさそうだ。

雅純とあまり目を合わせようとはしない。気のせいかもしれないが、何かに耐えて、自制しているようにも見えた。

「そうですか。ご苦労様です」

三宅の反応が今ひとつよくないので、雅純はすぐに話を切り上げた。しつこく話し掛けて迷惑がられるのはせつない。そもそも薬を飲みに行くところだったのを思い出す。

どうぞ、と三宅に道を譲り、傍らを擦り抜けて行こうとした。そのとき空気が動いて、三宅の放つ芳しい匂いがいっそう際だって感じられ、雅純の脳髄をくらりと酩酊《めいてい》させた。

ドクン、と心臓が発作を起こしたように強く打つ。

「……っ！」

思わず前屈《まえかが》みになって胸を庇《かば》うほどの衝撃に見舞われ、かつて味わったことのない痛みと息苦しさに襲われた。

この過剰な反応はなんだろう。

確かにヒートは一週間後に迫っている計算だが、いくらなんでもその影響を受けるには早すぎる。

「仁礼くん……！」

膝から力が抜けて床に頽《くずお》れかけたところを、三宅が力強い腕で支え、抱き寄せる。

三宅も雅純の名前は知っていたのだなと、こんなときにもかかわらず雅純はぼんやりと思った。頭のよさそうな男だから、ひょっとすると全生徒の顔と名前を覚えているのかもしれない。それはそれですごいことだ。

支えてもらったのはありがたかったが、今誰かと体をくっつけ合っていると、ますます動悸がひどくなり、体熱が上がって呼吸困難に陥りかねない。動けるうちに人目につかない場所に行って薬を飲まなければ、症状がひどくなる一方だ。

脂汗の滲《にじ》んだ額を手の甲で押さえ、脚に力を入れ直して自力で立つ。

「すみません。ちょっと立ち眩《くら》みが」

作業着に包まれた逞しい胸板をやんわりと押しのけて行こうとしたが、三宅に腕を摑《つか》まれ、引き留められた。

「顔色が悪い。医務室まで送りましょうか」

「いえ、結構です」

気持ちは嬉《うれ》しいが、ありがた迷惑だ。一刻も早く一人になりたくて、雅純は余裕をなくしていた。突っ慳貪《けんどん》に断り、三宅が指の力を緩めた隙に、よろけながら傍らを擦り抜けた。

覚束ない足取りで壁伝いに廊下を歩く。背中に視線を感じたが振り向かなかった。

廊下で作業をすることは禁止されているため、どのクラスも準備作業大詰めとあって、廊下で用もなく屯《たむろ》している者はいない。どうしたのかと聞かれることもなく幸いだった。

発作が起きたときのような尋常でない体の変調は、幸いにも三宅から離れてしばらくすると治まった。

これならわざわざ医務室に行く必要はなさそうだ。水飲み場でシートに入った錠剤をポケットから出し、パウチを破って手のひらに載せた。

「それ、なんの薬？」

唐突に背後から声を掛けられ、雅純はまたもやギクリと身を硬くする。知られたらまずいと思って、返事をするより先に薬を口に含み、丸めた手のひらで水を掬《すく》って嚥下《えんか》した。

「おいおい、また無視かよ、仁礼雅純」

いつから見ていたのか、梨羽は数歩歩み寄ってきて雅純との距離を詰めた。珍しく一人だ。いつも一緒にいる二人は連れていない。

皮肉っぽい薄笑いを浮かべ、敵の粗探しをするかのごとく酷薄なまなざしで雅純をジロジロと見る。

落ち着けと雅純は己を叱咤《しった》し、ポケットに指を入れてハンカチを取りながら、さらりと返事をする。

「毎日服用しているビタミン剤だ。僕はいささか人より虚弱な体質だから」

薬のことをもし誰かに質問されたら、そう言うように校医にアドバイスされていた。あらかじめ打ち合わせていたので、淀《よど》みなく返事ができた。

淡々と答えて、濡《ぬ》れた手を丁寧に拭く。そうしている間も梨羽の視線が執拗に絡みついてきて緊張したが、何もしないで向き合っているより精神的に楽だった。

「ふうん。そんなものを毎日飲まなきゃいけないとはね。おまえも大変だな」

「べつに大変というほどのことではない」

梨羽はフンと嫌みたらしく鼻を鳴らし、「相変わらず気取ってやがる」と忌々しげに毒づくと、水飲み場の周囲に視線を巡らせた。

それは単に手持ち無沙汰だったのでそうしただけのような感じだったのだが、梨羽は途中でふと何かに気づいたように表情を変えた。水飲み台の下に目を向けたときだった。

「クラブハウスにあいつらを待たせていたんだった」

あいつら、とは同じテニスクラブ所属のいつもの二人のことだろう。そういえば、梨羽はテニスウエアを着ている。学祭の準備強化期間とはいえ、強豪チームは練習を優先させている。テニスクラブは地区で常にベスト4入りしており、学祭には毎年ほとんど協力しない。梨羽がテニスクラブを選んだのは、学祭の準備などという面倒くさいことをしないですむからだと聞いたことがある。本人がそんなふうに嘯《うそぶ》いていたそうなのだが、いかにも梨羽らしいと雅純は思った。

「じゃあな」

梨羽は珍しく雅純に一声掛けてから、拍子抜けするほどあっさり立ち去った。代表としてテニスには熱心に取り組んでいるようなので、雅純になどかまけている暇はないと我に返ったのだろう。

かまわないでくれるなら、それに越したことはない。

雅純は遠離《とおざか》っていく梨羽の背中を少しの間見送ると、自分も教室に向かった。

梨羽とここで顔を合わせたときには肝が冷えたが、幸い、梨羽は雅純が放っていたはずのオメガのフェロモンには気づかなかったようだ。ヒートの時ではなく、通常時で幸いだった。通常時に薬を服用する時間が一度や二度ずれた程度ではさして問題ないとは聞いていたが、ここまで遅くなったのは初めてのことで、我ながらどうなるかわからず気が気でなかった。

今は薬が効いて、副作用による発熱と倦怠感《けんたいかん》で体が重く、眠気も差してきた。許されるなら医務室で横になっていたいが、自分たちのクラスにとってはこれが最後の学祭だと思うと、準備を手伝わないのは気が引ける。今日と明日の二日間辛抱すればいい。ここは踏ん張ることにした。

＊

雅純が水飲み場を完全に離れた後――それを見計らったかのように、梨羽が再び姿を現した。

梨羽は周囲を素早く見渡して誰もいないことを確かめると、水飲み台の足下に置いてある円筒形の屑籠《くずかご》の中に腕を入れ、ゴミを漁《あさ》りだした。

「あった。こいつだ」

梨羽が執念とも言えるなりふりかまわない遣り口で見つけて拾い上げたのは、錠剤を取り出したあとの小さなシートだった。

さっき雅純が服用していた薬はこれだったに違いない。

「こいつがもしビタミン剤なんかじゃなく、俺が前からひょっとしてと思っている可能性を裏付けるものなら……」

思わず口を衝いて出てしまった言葉をそこで止めて、あとはニヤッと口元を歪《ゆが》ませる。

毎日飲んでいる薬と聞いて、疑惑が一気に膨らんだ。屑籠を見たとき、もしかするとあそこにこれを捨てたのではないか、と思いついた己の抜かりなさを褒めてやりたい。

シートの裏には薬の名称が小さく印刷されている。調べれば、どういう効能の薬かすぐにわかるだろう。

「フフフ。ちょっとは愉《たの》しめる結果になってくれるといいんだが」

梨羽は自然と込み上げてきた笑いを抑えきれず、上機嫌で、今度こそ本当にクラブハウスに向かった。

3

毎年二日間に亘って開催される学祭には、生徒の家族や恋人、友人に加え、政財界の大物や街の名士、著名人、歴代の学院関係者等たくさんの人が招待される。

普段は敷地内に立ち入りできない女性も、この期間だけは特別に許可される。母親や姉妹はもちろん、婚約者に校内を案内する生徒の姿も結構目に付く。

広大な敷地の一角にある寮だけは、通常通り、居住者と運営を管理する職員以外は足を踏み入れられないが、その他の施設や庭園は開放されている。名門男子校を直に見学できる貴重な機会とあって、学祭は例年大賑《にぎ》わいだ。

初日の朝十時きっかりに、学祭実行委員会会長によって開催宣言がアナウンスされ、正門が開かれる。

門前で待ち兼ねていた来客が受付を済ませて次から次へと構内に入ってくる。

最終学年ともなると見慣れた光景だ。

今日のような祭事のときは、いつも雅純の許に集まってくる取り巻きたちも家族や恋人と行動を共にするので、雅純は久々に一人になれてホッとした。

仁礼伯爵夫妻はたまたま海外に出ていて不在、兄とは昼過ぎに自治会室で落ち合う約束をしている。在学中に三期連続で生徒自治会会長を務めた高範は今も現行役員たちの憧れの的、伝説的存在だ。来院した際には必ず自治会室に招かれることになっているらしい。

クラスの演し物の上演時間までの間、雅純は特に割り振られた役目もなく手持ち無沙汰なので、主に文化系クラブの展示スペースになっている西棟を見て歩くことにした。

美術クラブが制作した絵画や彫刻、工芸クラブの焼きもの、華道クラブのフラワーアートなどは毎年見応えがあって来客にも人気だ。料理研究クラブによるカフェまであって、一通り見て回ったあとは、紅茶を飲みながら休憩し、お喋りを楽しむのにちょうどいい。

運よく二人掛け用のテーブル席が一つ空いていたので、雅純はオレンジペコを頼んだ。

接客担当の中等部生は今年入学したばかりのようだったが、最上級生である雅純を知っているらしく、傍に立つのも恐縮して顔を真っ赤にしていた。噂に聞く憧れの先輩に会えた、といった感じで、スターを前にしたときのように舞い上がった様が可愛《かわい》い。

「今年は藤堂侯爵が数年ぶりにおみえになってるらしいぜ」

「らしいな。学院のお偉方が粗相のないようにって朝から緊迫感漲《みなぎ》らせてた」

近くのテーブルに着いた生徒三人が話す声が雅純の耳に入る。ブレザーの襟に付けたバッジから高等部二年の生徒たちだとわかる。

「いちおうお忍びってことになってて、公にはされてないんだろ？　でもまぁ、学院内を歩き回っていたら、すぐ広まるだろうけど」

「社交界の重鎮だからな。この学院の卒業生でもあるし」

「久しぶりにおみえになったのは、何かお目当てがあってなのか？」

「前から噂になっていたアレじゃないか」

「ああ、隠し子がどうとかってやつ？」

雅純は噂話の類いには疎いので、藤堂侯爵が今日来ていることも知らなかったし、隠し子の話も初耳だった。

藤堂侯爵は父と懇意で、まだ雅純が家庭教師について自宅で勉強していた頃、何度か家でお目にかかったことがある。雅純は挨拶をするだけで、居間で同席させてもらったことはなかったが、あの厳《いか》めしい顔つきの、近寄りがたい威圧感を纏った侯爵に隠し子がいるとは、にわかには信じがたい気持ちだ。

「三年の先輩方の中に、去年編入してきた年上の人がいるだろう。アルファの」

「嘉瀬真路さんだ。今年もう二十歳になるらしい。もしかしてあの人が……？」

「じゃないか、って先輩たちが話してた」

思いがけず嘉瀬の名が出て、雅純ははしたないまねをしていると承知で聞き耳を立てた。驚きはするが、言われてみればそうなのかもしれないと思え、もう少し詳しく聞きたくなった。やはり、アルファのことは気になる。ティーカップを持ち上げ、ゆっくりお茶を愉しんでいるふうを装う。

「クラス担任の池森《いけもり》先生が嘉瀬を捜し回っていたんだ。見かけたら学院長室に来るように伝えてくれって」

「なるほど。それは確かに、それっぽいな」

風の向くまま気の向くまま、フイといなくなっては、突然現れる嘉瀬を捕まえるのは担任も苦労しているようだ。嘉瀬を捜している理由が藤堂侯爵と引き合わせるためだとすれば、噂に信憑性《しんぴょうせい》が出てくる。

飄々とした、いかにも風来坊という感じの男が、貴族の中の筆頭と言われている藤堂家の跡を継ぐかもしれないとなれば、久方ぶりの大きなニュースだ。藤堂侯爵には現在跡継ぎとなる子供がいない。娘が一人いたのだが、突発性の病に罹り、一昨年急死した。嘉瀬が遊学先から帰国して学院に編入してきたのはその後数ヶ月経った頃だ。跡継ぎとして侯爵に遊学先から呼び戻されたのだと考えられなくもない。

雅純は噂が真実だと半ば信じる気持ちになっていた。

嘉瀬はアルファだ。いささか破天荒な侯爵になるかもしれないが、頭の回転は速いし、人柄は悪くない。案外社交も苦手ではないようなので、無理な話ではなさそうだ。

もし嘉瀬が侯爵の跡を継ぐなら、将来仁礼伯爵となる兄とはなにかと交流があるだろう。その頃には、雅純はどこか国外で暮らしている可能性が高い。立派な兄がいて本当に幸いだった。

もしも高範がいなかったなら、父は雅純がどれほど抗《あらが》っても、見所のあるアルファを迎えて雅純と番にさせ、子供を作るように命じたに違いない。そのアルファは女性でもかまわないのだ。世間的にどう発表するかはわからないが、雅純にとって耐えがたい屈辱になったであろうことは想像に難くない。そんな形で好きでもない人と番わされ、血筋を護《まも》るために孕まされるのは嫌だ。考えただけで惨めで悔しく、生まれ方を呪いたくなる。

気がつくと、話をしていた三人はテーブルを離れており、父兄と思《おぼ》しき男女が入れ替わりに席に着くところだった。

そろそろ正午になろうとする時刻で、雅純も料理研究クラブのカフェを出た。十二時半から兄とランチを一緒にとることになっている。学祭の間は、学生会館最上階の展望ラウンジが、コースメニューを出す本格的なレストランになる。その入手困難な予約制のチケットを、雅純は毎年取り巻きの誰かからもらっていた。頼んでもいないのに、大変な努力をして取ってきてくれるのだ。受け取らないとがっかりされるので、ありがたく買わせてもらっている。こういうところも、一部から反感を持たれ、気に食わないと嫌われる理由の一つなのだろう。

兄はすでに自治会室に来ているはずだ。

西棟から自治会室のある棟までは植物園を通り抜けるのが一番早い。園芸クラブが様々な植物を育てており、温室では蘭《らん》が栽培されている。普段は静かな場所だが、今日は学院中どこへ行っても人がいる特別な日だ。植物園にも結構な人出があった。それでも他と比べるときっと空《す》いているほうだ。

温室の中にも人がいるのが、外からちらりと見えた。

さすがに温室には鍵が掛けられているのではなかったか、と疑問に感じ、誰だろうと近づいてみた。ここで育てられている蘭はコンクールに出品するため、厳重に管理されているはずなのだ。

背の高い男性が二人、温室内をゆったりとした足取りで歩きながら、蘭の鉢を観賞している様子だ。

一人は誰だかすぐにわかった。

普段どおり作業着を着ている用務員の三宅だ。そして、三宅の前を歩く三つ揃いのスーツ姿の恰幅《かっぷく》のいい紳士は、驚いたことに藤堂侯爵だった。実際に姿を見るのは数年ぶりだが、ほとんど変わっておらず、見間違えようもない。

なぜ三宅が侯爵と一緒にいるのか不思議だった。どういう関係なのか。

二人の様子を見る限り、親しそうな感じは受けない。むしろ、よそよそしいというか、三宅のほうが遠慮して、なるべく距離を詰めないように気を遣っているふうだ。

侯爵は歩きながら、後ろに付き従う三宅に何か言っている。三宅はそれを俯き加減で聞いている。キャップのつばを相変わらず深く下げているので表情はほとんど窺えない。侯爵は、態度は硬いが機嫌は悪くなさそうだ。

強いていうなら、三宅に温室を案内させて、蘭に関する蘊蓄《うんちく》でも述べているといったところだろうか。

「伯爵家の御曹司が盗み見とははしたない」

背後から揶揄《やゆ》混じりに掛けられた言葉に、雅純は不意を衝かれて飛び上がりかけた。

先日も似たようなシチュエーションで、まずいところを梨羽に見つけられて冷や汗を掻いたばかりだったことを思い出す。

今回は嘉瀬だった。

「べつに、そんなつもりは……！」

盗み見という言葉の持つ響きが悪すぎて、雅純は狼狽《うろた》えた。雅純がしていた行為はそう受け取られても反論しようがないが、少なくとも最初に温室を覗いたときには、れっきとしたわけがあったのだと、一言釈明したかった。けれど、動揺してしまい、言葉がスムーズに出てこない。

「ああ、言い訳は必要ない。立ち入り禁止のはずの温室に人がいるのが気になった、だろ」

雅純の顔が赤くなるのを見て、嘉瀬は面白そうに人の悪い笑みを浮かべる。

雅純はムッとしながらも、嘉瀬が喋っている間に気を取り直し、そっけない態度で返事もせずに立ち去ろうとした。

「祥久《よしひさ》さんが気になるかい」

「え……?」

唐突に初めて聞く名前を出され、雅純はまんまと足を止めさせられた。

「あの用務員さんの名前だよ。三宅祥久。知らなかったということは、そこまで興味はないってことかな」

意味深なまなざしを向けられ、当てこすられでもしているような言い方をされて、雅純は口を開く気にならず、嘉瀬を睨んだ。

「おっと、そんな怖い顔しないでくれよ。せっかくの美貌が歪んでもったいない。俺はただ、あの用務員さんとはときどき話をする仲だから、きみから関心を持たれていると教えてやったら、どんな反応をするのかなと思っただけさ」

「あいにく彼を喜ばせるほどの興味はない」

雅純は本音を隠し、我ながら高慢で嫌な感じだと思う言い方をする。

言いながら指で髪にちらと触れたのは、本当のことを言わなかったときに出る癖だ。つい、掻き上げたり、指に絡ませたりして髪を弄《いじ》ってしまう。

嘉瀬は「ふうん」と本気にしたような、していないような微妙なニュアンスの相槌《あいづち》を打つ。雅純を見据えるまなざしには、先ほどまでとは違って、優しさと労《いたわ》りが感じられた。無理をしているのを悟られたのかと思って、雅純はバツの悪い心地を味わった。

「それより、学院長がきみを捜していたと聞いたが」

さっき小耳に挟んだことを思い出し、話を変える。

「どうやら、伝言は伝わっているようだな。藤堂侯爵に会うためにここに来たんだろう」

「ご明察。さすがは学年一の秀才さん」

「……侯爵とは、どういう……？」

「もしかして、俺のことが気になる？」

「べつに」

気にならないと言えば嘘《うそ》になるが、そういう言い方をされると素直に肯定しづらい。

雅純は冷ややかな口調で短く答え、わざとらしく制服の袖をずらして腕に嵌《は》めた時計を確かめた。

「失礼。兄と約束しているので」

「あ、ちょっと」

歩きだそうとしたら、嘉瀬に二の腕をいささか乱暴に摑まれた。

なにをする、と眉を吊り上げかけた雅純の耳元に、嘉瀬が無礼なくらい顔を近づける。

「梨羽尊志にはくれぐれも気をつけろ」

低い声で囁《ささや》かれ、雅純は全身を強張《こわば》らせた。

どうやらフェロモンを抑える薬はしっかりと効いているようだ。嘉瀬は雅純とこれだけ接近しても異変を起こした様子はない。

「……え？」

梨羽がどうしたのか、何に気をつけろと言うのか、もっと詳しく聞きたかったが、嘉瀬は雅純の腕を離すと背中を見せて温室のドアに向かって歩きだした。

「さっさと行けよ、優等生。侯爵と祥久に、きみがここで中の様子を窺っていたとバラされたくないんだろう」

そう言われると雅純は引き下がらざるを得ない。

赤子の手を捻《ひね》るようにやすやすとあしらわれた気がして悔しいが、脇目も振らず足早に立ち去った。

よけいな時間を割いたせいで、高範との待ち合わせに数分遅れそうだ。

それでもなお、雅純の頭を占めているのは、藤堂侯爵と嘉瀬真路、そしてなにより、三宅祥久との間の不可思議な繫《つな》がりだった。

＊

「少し顔色がよくないようだが、もしかして体調に問題があるんじゃないだろうね？」

優雅な手つきで操っていたナイフとフォークを皿に置き、高範が心配そうに眉根を寄せて雅純に聞く。

つい考え事をしてしまい、心ここにあらずだった雅純は、慌てて首を横に振る。

「すみません……！　体は大丈夫です。久しぶりに兄さんと会えたのに、ぼうっとしてごめんなさい」

真っ白いクロスが掛かった丸テーブルに、一分の隙もなく三つ揃いのスーツを着こなした高範と向かい合って席に着き、ランチを楽しんでいる最中だった。

「何か体調以外に悩みでも？」

高範は労りの籠もる優しい口調で、雅純に寄り添おうとしてくれる。雅純は高範に溺愛されていると感じ、嬉しいのと同時に恐縮する。弟だから当然だとは思えず、今も、こうして皆に関心を持たれ、一分一秒でいいから話がしたい、挨拶したい、見つめられたいと望んでいる人々を尻目に、高範を独占しているのだ。

「強いて言えば、周りの視線が、痛いです」

高範と一緒にいると、普段の比ではなく注視される。高範を見て洩らされる感嘆の溜息、雅純に対する羨望のまなざし、皮肉。比較され、弟のほうはなんだか華奢《きゃしゃ》すぎて頼りないわね、などと知らないご婦人が潜めそこねた声で囁くのが耳に届いたりもして、平静を保つのが難しい。

「確かにちょっと煩わしいな。私のせいだ。おまえにまで負担をかけて悪いな」

「僕もたいがい慣れているはずなのですが、やっぱり兄さんはすごいです」

「いや。おまえに言われると、どう返せばいいのかわからなくて困る。年々綺麗さを増していくおまえに、不謹慎にもドギマギしている。皆が見ているのは私だけではないと、いい加減自覚してほしいものだ」

綺麗なのは兄さんだ、と言いたかったが、照れくさくて言葉にできず、頬だけほんのり上気させた。雅純の憧れは昔から高範だ。すらりとした立ち姿をまねたくて、こっそり鏡を見て研究していたこともある。体格の差だけはどうにもならず、威風堂々とした振る舞いの代わりに雅純が身につけられたのは優雅さだけだったが。

「ひょっとして、好きな人でもできたか？」

高範は雅純に愛《いと》しげなまなざしを向け、唐突に言い出した。

あまりにも予期せぬことを聞かれ、雅純はあやうくフォークを取り落としそうになるくらいびっくりした。

いいえ、と否定しようとして、不意に彼の顔が脳裡《のうり》を過《よ》ぎる。先ほど温室で藤堂侯爵と一緒にいるところを見た三宅祥久の顔だ。なぜここで彼を浮かべたのか、雅純自身説明がつかず戸惑った。

「ど、どうして……？」

「なんとなく、そんな気がするだけだ。そう驚かなくてもいいだろう。私はむしろ推奨するよ。おまえは誰かを好きになったほうがいい。もちろん、無理せず心の赴くままに任せてだ」

「兄さんにそう言われると、もう弟ではいられなくなるようで、寂しいです」

雅純は正直に気持ちを吐露し、薄く微笑《ほほえ》んだ。あからさまに落ち込むと高範に気を遣わせるとわかっているので、緩く冗談めかす。

「正直、私もおまえを誰かに渡すのは本意ではないが、おまえを生涯守ってくれる相手なら、どんな身分の、どんな性の者でも歓迎するつもりだ。父上や母上も同じお考えでいらっしゃる。それだけ心に留めておきなさい」

高範の真摯な言葉は雅純の胸に響いた。

好きな人――むしろ、そんな人は作らないように自分を抑えてきたので、勧められると複雑な気分だ。正確には、特に抑えたこともなく、好きだと思う人に巡り合ったことがなかった。今さら誰かを好きになるなど、想像もつかない。

「難しく考えなくていい。そのときが来れば、おまえの胸がときめいて知らせてくれる」

ときめくと言われても、雅純は首を傾げるしかない。

「それは、兄さんも経験したことがあるのですか」

「ああ。ある」

高範は膝に置いたナプキンで口元を押さえ、雅純が初めて見るような色香の滲んだ目をして、清々《すがすが》しいほどはっきりと肯定する。

兄には好きな人がいるようだ。

どんな人か会ってみたいと思った。兄が自分だけのものでなくなるのは寂しいが、代わりに兄か姉が増えると考えれば喜ばしいことだ。兄が選んだ人であれば、きっと雅純も好きになれるに違いない。

食事のあと、兄と一緒に構内を少しぶらついた。舞台の準備があるので二時半には持ち場についていなくてはいけないが、それまでまだ三十分ほどあったので、比較的人の少ない庭園を歩いた。

園芸クラブが管理している温室の傍も通ったが、今は施錠されていて、中には誰もいなかった。

ふと、兄ならば藤堂侯爵に隠し子がいるかどうか知っているのではないかと思ったが、よその家庭の事情を知りたがるのははしたないと言われそうな気がして聞きづらく、結局そのまま時間が来て、いったん別れることになった。

「おまえが出ないのは残念だが、舞台楽しみにしている。司会、がんばりなさい」

高範は雅純の頭を子供のとき同様に手のひらでポンポンと撫《な》でると、手を振って来賓で賑わう広場の方へ去っていく。

雅純も気持ちを引き締め直して、集合場所に足を向けた。

＊

二日に亘った学祭の締め括《くく》りは、午後六時から始まる舞踏会だ。一般の学校では運動場でキャンプファイヤーをしながらダンスパーティーというケースが多いようだが、全寮制の本学院では敷地内に立つ二階建ての迎賓館を全館使い、教職員や来賓らも参加して本格的な夜会形式で催される。卒業後ほとんどの生徒は名家の子息として社交界にデビューする。これはそのための経験を積む場でもあり、教育プログラムの一環だ。

学生たちはこの日だけ特別に寮の門限が夜十時まで延ばされ、制服の代わりに燕尾服《えんびふく》で正装する。来賓も一度宿泊先に戻り、夜会にふさわしい衣裳に着替えてくる。生徒にとっては中等部一年の時から毎年経験している重要な年間行事の一つだ。

雅純も春休み中に新しく仕立ててもらった燕尾服を着て舞踏会に出た。学生の間は燕尾服を着る機会などそうそうないのだが、高等部に上がってからも身長が少しずつ伸びていて、毎年採寸して作り直すことになる。さすがに今年はほぼ昨年と変わらなかったが、父は一ミリでも体に合っていないと眉を顰める。父には父なりの拘《こだわ》りがあり、そこは譲れないようだ。

大学三年に在籍しながら、次期当主として父の許で見習いもしている高範は、両親の外遊中は伯爵の代理を務める身だ。昨晩は晩餐《ばんさん》まで一緒にとってくれて、近くのホテルに泊まっていったが、早朝チェックアウトして帰途に就くとのことだった。舞踏会で高範の正装した姿を久々に見られるかと期待していたが無理だった。残念だが仕方がない。

舞踏会には一人で出たのだが、燕尾服姿で一階のホールに入っていくなり、あちこちから声を掛けられ、クラスメートの両親から挨拶を受け、姉や妹とダンスを踊ってくれと頼まれた。ダンスは誰か一人と踊ると、以降の申し込みも断りにくくなるし、きりがなさそうなのが想像されたため、最初から体調不良を理由に断った。

「昨日はクラスの演し物の進行係をされていて大変そうだったし、今日は今日で本部に詰めて来賓の案内などされていたから、お疲れですよね」

傍にいた取り巻きたちが心配する。

雅純は「ああ」とだけ返事をしておいた。

取り巻きたちによると、他にも具合を悪くして舞踏会を欠席している生徒がいるそうだった。寮の部屋で休んでいるらしい。

「しかし、テニスクラブ随一のスタミナ男、岩橋《いわはし》が倒れるとはなぁ」

鬼の霍乱《かくらん》か、と取り巻きたちは意外がっていた。半ばサボリではないかと疑っているのか、あまり心配している節はない。

テニスクラブの岩橋と聞いて、雅純は梨羽の顔を頭に浮かべた。岩橋は梨羽が部下のように従わせている一学年下の後輩だ。聞くところによれば、実業家の父親が梨羽子爵に大恩があり、息子同士の間にもそれを踏まえた力関係が生じているらしい。

梨羽はつい先ほども見かけた。ダンスフロアで綺麗な女性と踊っており、堂々として自信に満ちた身のこなしで、否応なしに目に飛び込んできた。フロアの周囲にできた人垣の中には、いつも一緒にいる豊永と仲森の姿もあり、踊っている梨羽に抜かりなく拍手を送っていた。

梨羽とは水飲み場で会って以来、言葉を交わしていない。学祭前にも教室移動の際に廊下で擦れ違ったり、二クラス合同で行われる授業で一緒になったりしたし、学祭開催中もばったり行き合わせたりしたのだが、今までとは違い、まったく突っかかってこなかった。憑《つ》きものが落ちたかのように、急に雅純にかまうのをやめたのだ。どんな心境の変化があったのか雅純には想像もつかない。なんにせよ、興味をなくしてくれたのなら幸いだ。

それよりも、今雅純が気になってつい捜してしまうのは、嘉瀬と三宅の二人だ。三宅のほうは、昨日藤堂侯爵と温室にいるのを見たきりだ。嘉瀬とはあれからまた、自分たちの演し物を披露した際に顔を合わせた。けれど、本番に備えてクラス全員がピリピリしているときだったので、関係ない話ができる雰囲気ではなく、温室での遣り取りは要領を得ないままになっている。

侯爵との関係は噂通りなのかも多少は気になるが、それより、いきなり梨羽の名前を出して忠告してきたのはどういう意図でのことなのか、だ。言われるまでもなく梨羽には気を許さないようにしているが、具体的に何か知っていて、慮っていることがあるのなら、もったいぶらずに教えてほしかった。

用務員の三宅がこの場にいるはずがないことはわかっているので捜さなかったが、嘉瀬のことは、どこかにいないかと常に意識していた。だが、結局九時近くなっても見つけられず、諦めた。考えてみれば、あの天衣無縫でしゃちほこばったことを嫌ってそうな男が、社交界の縮図そのもののような場所に現れるとも思えない。侯爵がいればまだしもだったかもしれないが、侯爵が来院したのは一日目だけだった。

さすがに疲れてきたので、雅純は取り巻きたちに「先に失礼する」と断りを入れ、寮に戻った。

学祭の最後を飾るのは、百発の花火だ。

花火が上がりだすのが九時半からなので、それより前に寮に帰る者はほとんどいない。

雅純が寮の門扉を潜《くぐ》ったときにも、建物全体が深閑としていて、寮生の部屋の窓に明かりが洩れているところはない。誰かいるとしても、具合が悪くて舞踏会を欠席した岩橋という二年生だけだろうと思われた。

自室の鍵を開け、部屋に足を踏み入れたとき、雅純は微かに違和感を覚えた。

鍵はちゃんと掛かっていたので留守中に誰かが勝手に侵入したとは考えにくいが、部屋の空気に嗅いだことのない匂いが僅かながら混ざっている。

匂いに敏感になるのは、オメガ性の宿命であるヒートの時期が近いせいだ。二十八日に一度三日間という基本周期でヒートは訪れる。薬で抑えているので雅純は経験したことはないが、症状が出ると正気を保てなくなるほど辛《つら》い目に遭うと聞いている。薬を飲んでいても微妙な体調の変化はあって、普段は気づかない匂いに気づいたり、平気なはずのものが平気でなくなったりする。

誰かが雅純の留守中に、勝手にこの部屋に入った——それ以外に嗅いだことのない匂いが僅かに室内に残っている説明がつかない。

いったい誰が。なんのために？

考えている最中にも嫌な予感が背筋を這い上がってきて、雅純は居ても立ってもいられなくなった。

ざっと室内を見渡した限り、なくなっている物はない。家具の位置もずれていない。書きもの机やチェストの抽斗が少し開いたままになっているといったこともなかった。そもそも寮の部屋に高価な物、盗み甲斐《がい》のある物は置いていない。財布も通帳もカード類も手つかずのまま所定の場所にあった。こちらも誰かが手を触れた形跡はない。

一つだけ盗まれたら困る物があるが、それは雅純以外の人間には意味のない物だ。

雅純が毎日朝夕服用している薬である。

まさか、と思いながら、寝室に入る。

ドアを開けた途端、侵入者はこの部屋にも踏み込んだのだとわかった。こちらの部屋の空気のほうがより強く匂いを漂わせている。

雅純はベッドサイドに置いているチェストに駆け寄り、抽斗を開けた。

あるはずの薬が全部ごっそりなくなっている……！

見間違いようもなく、抽斗は空だった。

すーっと血の気が引くのがわかった。

明後日にもヒートが来そうなタイミングで大事な薬を盗まれてしまったのだ。にわかには信じがたいが、何度抽斗を確かめても、それ以外のどこを探しても、薬は一粒たりとも見つからない。

とりあえず、校医の先生に話してすぐに薬を調達してもらわなければいけないが、この薬は極めて特殊なものだ。校医も余分に保管してはいないだろう。毎月決まった分量を取り寄せ、全部雅純に渡してくれているのだ。それで今までなんの問題もなかったので、ずっとそうしてきた。

予期せぬ事態に雅純は激しく動顛していたが、大丈夫だ、なんとかなる、と必死に心を鎮めた。

どうにかまともに息ができるようになって、冷静さを取り戻しかけた矢先、ドドーンと窓ガラスを震わせるような音がした。

心臓が飛び出しそうなくらい驚き、ひっ、と声を立てて身を縮める。

窓の外がパアッと明るくなり、夜空が華やかに彩られた。

だが、雅純は次から次へと打ち上げられる花火を一顧だにせず、唇をきつく噛みしめ、一人不安と闘っていた。

4

夜のうちに校医の先生に具合が悪いと言って寮まで来てもらったが、予想に違《たが》わず薬の予備は手元にないとのことだった。

「すぐに取り寄せるが、特殊な薬なので届くのは最短で明後日だろう。診断書を書くから、きみは明日から授業を休みなさい。今は最後に飲んだ薬が効いていてあまり自覚はないかもしれないが、明朝の分を服用しないと、十時頃には完全に切れる。明後日はヒートの周期とも被《かぶ》っているし、薬が届くまで決して部屋から出ないように」

「はい。そうします」

「盗難については私から学院長に報告しておく。おそらく盗んだほうも、きみをちょっと困らせようとしただけの悪質な悪戯《いたずら》のつもりだったのだろうと思うが、万一薬が第三者の目に触れて、きみがオメガだと気づく者がいたら大変だ。事を公にするのは、よけいな憶測や噂《うわさ》を流すことになりかねず難しいところだが、誰の仕業かは内密に調べて割り出し、盗んだ薬を返却させないとまずかろう」

「部屋に侵入するとき、合鍵を使われたようなんですが。考えられるとすれば、体育の授業のとき誰かにロッカーを開けられて、鍵を複製された……とかでしょうか。もしくは、舎監の先生が寮の事務室に保管しているマスターキーを勝手に借りて開けたのか」

雅純《まさずみ》は鍵のことも気になっていた。いつまた盗みに入られないとも限らない。せめて合鍵を作られたのでなければいい。舎監の目を盗んでマスターキーを拝借するようなまねはそうそう可能とは思えないが、合鍵を持っているのなら、いつでも雅純の部屋に侵入することができる。恐怖だ。

「部屋の鍵を取り替えるよう舎監に言っておこう。マスターキーの管理が問題だった可能性もあるから、少なくともきみの部屋に泥棒が入ったことは、舎監にも知らせないといけない。何を盗まれたかまで言う必要はないので、そこは心配しなくていい」

鍵の交換は明日業者に頼み、夕方までには来てもらうようにする、と校医は頼もしく請け合ってくれた。

「念のため鎮静薬を処方しておく。気安め程度にしかならないとは思うが、薬が届く前にヒートが来てしまったときには、ないよりマシだろう」

「ありがとうございます」

来ないことを祈るが、来たらどうにかして耐えてやり過ごすしかない。

「こんなひどい嫌がらせをする人間に心当たりは……?」

最後に医師は雅純の顔色を見ながら遠慮がちに聞いてきた。

雅純は、いいえ、と首を横に振る。

今日は学祭最後の日で、舞踏会に備えて夕方いったん寮に帰り、燕尾服《えんびふく》に着替えた。その際に薬も飲んだが、抽斗《ひきだし》の中身に異変はなかった。盗まれたのは明らかに舞踏会の最中だ。正直、雅純には好意を持つ者も大勢いる代わり、気に食わないと感じている者もいる。それでも、薬を盗むような行きすぎたまねをするほど嫌っているのは——。

雅純は脳裡《のうり》に浮かんだ梨羽《なしは》の顔を頭から払いのけた。証拠もないのに疑うのはよくない。己の品格を下げることになる。第一、梨羽はずっと迎賓館にいた。取り巻き二人もだ。もちろん四六時中存在を意識していたわけではないが、寮と迎賓館は結構距離がある。往復して盗みを働くほど長い時間見かけないことはなかった。

梨羽が、体調を崩して寮で寝ていたという後輩の岩橋《いわはし》を使って盗ませたとも考えられたが、証拠がないことに於《お》いては同様だ。犯人捜しは学院側に任せ、自分は関わらないほうがいいと思い直し、考えるのをやめた。

その晩はなかなか寝つけず、ベッドに横になっても朝までまんじりともしなかった。

朝が来ても体調は普段とそれほど変わりなく、ヒートにはまだなっていないようだったが、校医の指示通り部屋から出ず、朝食は食事当番の下級生に運んでもらった。

雅純が体が弱いことは皆の間に知れ渡っているので、特におかしいと思われた節もなく、学祭でお疲れになったんですね、と労《いたわ》られた。いつでもお茶が飲めるようにポットを持ってきてくれたり、顔を洗う水を汲《く》んできてくれたりと甲斐甲斐《かいがい》しく世話を焼かれ、申し訳ない気持ちになる。

中等部も高等部も授業開始は九時からだ。今日は授業はなく、代わりに学祭の後片づけをすることになっている。片づけが済んだらクラス単位で反省会を開き、終了後解散。早いクラスは午後二時頃には反省会まで終わらせる。翌日は振替休日で休みだ。

おそらく嘉瀬《かせ》は後片づけには出てこないだろうから、雅純のクラスは二人も人手を欠くことになる。悪いと思うが、事情が事情だ。ドクターストップという免罪符のおかげで少しだけ罪悪感が薄れた。

学生たちは次々と学院に向かい、九時前には、雅純以外全員出払ったかのように建物全体が静まりかえっていた。

少なくとも同じ階には人気《ひとけ》がなく、残っているのは自分一人のようだ。そうなるといくらか気持ちが緩み、お茶を淹《い》れるくらいの余裕ができた。

ヒート前で薬を飲んでいないため体は怠《だる》く熱っぽかったが、傍《そば》にアルファがいなければお互い影響し合うこともなく、普段の状態とそれほど変わらない。問題はヒートがいつ訪れるかだ。予定では明日あたりだが、生理現象なので精神状態や環境の影響を受けやすく、毎回きっちり二十八日周期というわけではないらしい。早まったり遅れたりすることもざらにあると聞く。

なんとか明後日まで来ないでほしい。そうすれば薬が間に合う。ヒートを経験したことがないため、なってしまったらどのくらい辛《つら》いのか想像するにも限界があり、心許《こころもと》なさでいっぱいだ。バレずにヒートを発症している間の二日間一人で耐えられるだろうか。ヒートは、一度起きたら、後から薬で抑えることはできないと教えられている。ヒート状態になったオメガを救えるのはアルファだけだ。だが、それは、アルファに体を開き、精を注いでもらうという意味だ。そのときアルファに気に入られて首を噛《か》まれたら、オメガは二度とそのアルファを拒絶できなくなる。代わりにヒートを起こしても救ってもらえる。番《つがい》のアルファが傍にいる限り、ヒートの症状そのものも軽くなるらしい。他のアルファを誘う必要がなくなるからだ。

中には、『運命の番』が存在すると信じているオメガもいるようだが、雅純には夢物語にしか思えず、本気にしていない。細くて脆弱《ぜいじゃく》な体に生まれがちなオメガには、頑健で逞《たくま》しく生命力に充《み》ち満ちたアルファを拒む腕力はない。襲われたら受け入れるしかない。たぶんそれが現実だ。そんな一方的な関係性の者同士の間に恋も愛もないだろう。あったとしても、そもそもどうやって出会うのか。出会えばこの人がそうだと見分けられるものなのか。納得いかないことだらけだ。

部屋に置いている紅茶缶の中からアールグレーを選び、温めたポットに茶葉をスプーンで量って入れる。後輩が魔法瓶に入れて持ってきてくれた湯を注ぎ、ゆっくりと蒸らす。

こうして丁寧に紅茶を淹れていると、心が穏やかに保たれ、なんとかなるのではないかという楽観的な気持ちが湧いてくる。

いざとなったらヒートにも耐えてみせる。

今まで一度も薬を切らすことなく飲み続けてこられたことが、そもそも恵まれた環境だったのだ。社会的に強い力を持つ特権階級の家に生まれていなければ、すでに何度となく経験していたに違いない。ヒートは本来オメガの生理現象だ。優性種であるアルファの子を産むのがオメガに最も期待される役割だ。アルファに種付けされたオメガは必ずアルファ性の子供を孕《はら》む。だから、アルファは本能的にオメガを求めるし、発情しているオメガに近づくと自らも誘発されて発情する。オメガがヒートを薬で抑えるのは、言葉は悪いが、利己的行為、要するに我儘《わがまま》なのだ。

他の大多数のオメガが耐えていることに、雅純が耐えられない道理はないだろう。

問題は、誰にも知られずに二日間放っておいてもらえるかだ……。

万一薬が間に合わなかったときのことを真剣に考えながら紅茶を飲んでいると、突然、断りもなしに雅純の部屋のドアを開けて制服姿の男が踏み込んできた。

「梨羽……！」

不意打ちを食らって、雅純は驚いた。

「何の用だ。勝手に！　豊永《とよなが》、仲森《なかもり》、きみたちもだ」

続けてあまりの傍若無人さ、無礼千万な態度に怒りを通り越して憎悪が湧く。

「不愉快だ。今すぐ出ていけ」

梨羽と、後ろに並んで立っている取り巻き二人をきつく睨《にら》んで語気荒くぴしゃりと言う。しかし、三人は悪びれたふうもなく、聞こえなかったかのごとく平然としている。引く気は毛頭なさそうだ。寮の部屋は内側からは鍵を掛けられないようになっている。在室中に部屋で不埒《ふらち》な行為に及んだり、問題行動を起こしたりさせないためだ。学院側の配慮はわかるが、今は、鍵を掛けられないことが猛烈に恨めしかった。

「具合が悪くて部屋で寝ていると聞いたから見舞いに来てやったのに、部屋着姿で優雅にティータイムとは恐れ入る。校医を誑《たぶらか》し込んで贋《にせ》の診断書を書かせ、サボりか」

梨羽はネチネチと雅純を皮肉りながら無遠慮に室内を見回し、横柄に腕組みしたままソファに座った雅純の許へ歩み寄ってくる。

気持ちは、立ち上がって梨羽と向き合い、凜然《りんぜん》と「出ていけ」と命じたかったが、梨羽が近づくにつれ動悸《どうき》が激しくなり、体にまったく力が入らなくなった。

梨羽はアルファにしては小柄なほうだが、それでも雅純と比べると縦も横も大きい。テニスで鍛えた筋肉質の体は、敏捷性《びんしょうせい》とスタミナに富んでいる。テニスの試合を観戦したことがあるが、強烈なサービスエースを何度も決めていて、対戦したら殺されそうだ、とまんざら冗談ではなく思ったものだ。

部屋の奥まで入り込んで来たのは梨羽と豊永の二人だけで、仲森はドアを塞ぐように立ちはだかったままだ。雅純にはそれがとてつもなく不穏に感じられ、嫌な予感が背筋を這《は》い上がってきた。

今、寮にはほぼ人がいない。もちろんまったく無人ではないだろうが、少なくとも雅純がここで声を上げても聞こえる範囲にはいそうにない。積もりに積もった鬱憤を晴らそうと、学祭の後片づけを抜けて来たのなら、周囲に人がいないことくらい確かめているはずだ。仲森の行動を見ただけでも、あらかじめ打ち合わせをして計画的に襲いにきたことは明らかだ。

雅純はソファに座ったまま、間近に迫ってきた梨羽と対峙《たいじ》する形になった。

普段はあまり感じない梨羽の匂いが、今日ははっきりと嗅ぎ取れる。汗に真夏の草いきれが混ざったような匂いで、嫌悪まではしないが、好きではないと思った。ヒートが近い状態でも全然欲求が湧かない。相性というのは本当にあるようだ。ずっと薬を飲み続けていたので、今までわからなかったことが、ようやく一つ理解できた。

「悪いけど、本当に体調がよくないんだ」

梨羽には欲情を感じない。影響を受けにくい。そのことが雅純をいくらか安堵《あんど》させ、平静を取り戻させた。穏やかだが、とりつく島のない冷ややかな声音で言い返す。わざと視線を外し、目は合わせなかった。

「朝食もあまり入らなかったので、お茶だけ飲んでベッドに戻ろうとしていたところだ」

「お茶を飲んで気を紛らわせないと、いつものやつがなくて不安で仕方がない……じゃないのか？」

畳みかけるように梨羽に言われ、雅純は目を大きく見開いた。逸《そ》らしていた視線を向けて梨羽を凝視する。まさか、と信じたくない気持ちと、やはりこの男の仕業だったか、という絶望が一緒くたになって雅純の心を搔《か》き乱す。

梨羽も、少し後ろに控えた豊永も、あくどい顔つきをしていた。その顔を見ただけで、雅純は完全に弱みを握られ、脅されているのだとわかった。

唇の震えを嚙んで抑え、覚束《おぼつか》ない手つきで髪に指を通す。雅純の一挙手一投足を梨羽は捕らえた獲物をいたぶるまなざしで見下ろしていた。ソファに沈み込むように座った雅純に対して、目の前に腕組みをして立ちはだかるアルファの男の醸し出す威圧感は凄《すさ》まじかった。

おい、と梨羽が背後に向かって顎をしゃくる。豊永が心得た様子で制服のポケットに手を突っ込み、タブレットが十粒並んで個包装された薬のシートを掲げて見せる。

雅純はハッとして腰を浮かしかけた。

だが、立ち上がる前に梨羽に荒っぽく肩を摑《つか》まれソファに押し戻される。

「おっと、おとなしくしていろよ」

梨羽は雅純の背中をクッションに凭《もた》れさせると、座面に片膝を乗り上げさせ、覆い被さるような形で雅純に迫ってきた。

視界のほとんどを梨羽の体に遮られ、雅純は本能的に恐怖した。僅かに豊永の姿が見えているが、すでに先ほど思わせぶりに見せた薬のシートは手にしていなかった。ポケットに仕舞ったのだろう。タダで雅純に返す気はない、ということだと察せられた。

「驚いたな。いや、やっぱりそうだったのかと納得しないでもなかったが」

梨羽の喋《しゃべ》り方はさらに陰険さを増す。

「あの薬、調べたらすぐにどういうものかわかったぜ」

聞きたくない、と雅純は耳を塞いでしまいたくなった。心臓が破裂しそうに鼓動を速めている。苦しい。頼むからもうやめてくれ。思わず懇願しそうになる。

だが、梨羽は無情で残酷だった。

「仁礼《にれ》伯爵家の次男がオメガだったとはな」

とうとう決定的な言葉が梨羽の口から吐き出された。

ガラガラと音を立てて足下が崩れていく。仮面を剝ぎ取られ、丸裸にされて、奈落に突き落とされた心地だ。

雅純は猛烈な目眩《めまい》を覚え、指でこめかみを押さえて俯《うつむ》いた。

もうだめだ。隠し切れない。オメガにしか処方されない抑止薬を握られている以上、どんな弁解も浮かんでこなかった。

「この綺麗《きれい》な顔もオメガならではか」

「あっ……！」

伏せていた顔を、顎に手を掛けて強引に上向かされる。背けようとしたが、指の跡が付くのではないかと思うほど強く顎を摑んで押さえられ、叶《かな》わなかった。

梨羽は珍しい生きものを観察するかのように雅純をじっくりと見据えてくる。息がかかるほど近づけられた梨羽の顔を正視できず、雅純は視線を彷徨《さまよ》わせた。動悸はいっこうに治まらず、呼吸が上手《うま》くできない。喘《あえ》ぐように唇を薄く開いて戦慄《おのの》かせ、なんとか息をする。そうした弱々しげな様も梨羽の嗜虐心《しぎゃくしん》を煽《あお》ったようだ。

「震えているな。怖いのか、俺が」

「……放せ」

「睫毛《まつげ》は長いし、色白で肌はすべすべ。なるほど。色っぽいな」

「やめろ！」

雅純は精一杯突っ張り、梨羽の手を払って顎から離させた。梨羽の一言一句が気色悪くて鳥肌が立つ。陳腐な言葉を並べられ、居たたまれない。

「ふん。まだ虚勢を張るつもりか」

梨羽はじわじわと、真綿で首を絞めるかのごとく雅純を追い詰める。

「今までよくも世間を欺き通してこられたものだ。このことが公になれば、貴族史に汚点を残す一大スキャンダルだ。社交界はきっと大騒ぎになる。オメガをベータと偽って届け出るなど、宮家に対する裏切り行為に等しい。仁礼伯爵家もただではすまないだろうな」

「……っ」

裏切りという言葉のインパクトが強くて、雅純は動揺した。だが、違うと否定したところで、世間的にはそうみなされるだろう。

オメガだという疑いそのものを否定しようにも、証拠の品は握られている。侵入と盗みを咎《とが》めたところで、訴えられるものなら訴えてみろと開き直るだけなのは想像に難くない。犯罪行為を明るみに出せば、雅純がオメガであることも必然的に知られてしまう。自分で自分の首を絞めることになり、打つ手はなかった。梨羽はそれを見越して厚顔にもしゃあしゃあとしているのだ。

こうなった以上、薬を返してもらって、なんとか穏便にすませて欲しいと膝を折って頼む以外にない。頭ではわかっているが、そんなふうに不本意な頭の下げ方をした経験がないので、いざとなると体が動かなかった。矜持《きょうじ》も邪魔をする。

「しかし、まぁ、そっちの事情も汲み取ってやらないわけでもない」

梨羽は魂胆があるとはっきりわかる顔つきで恩着せがましく言い出した。

「おまえが今後二度と俺に逆らわない、なんでも言うことを聞くと誓うなら、魚心あればなんとやらだ」

雅純を見下した不遜な態度をとる。オメガだとわかった以上、対等に接する必要はないとばかりの傲慢さだ。

盗みを働くような卑劣なまねをしておきながら、よくもぬけぬけと。憤りがふつふつと湧いてきて、誰がそんな理不尽な誓いを立てるか、と反発心が起きる。嫌だと突っぱねる言葉が喉元まで出かけたが、後先考えずに感情を爆発させてはいけないと理性が働き、寸前で押し止《とど》めた。

せめてもの意趣返しに、梨羽に無言で軽蔑のまなざしを送る。

それを見た梨羽の顔がみるみる不機嫌に歪《ゆが》む。梨羽は忌々《いまいま》しげにチッと舌打ちすると、いっそう邪気を増した底意地の悪い目つきで雅純を睨《ね》めつける。

「お高く止まっていられるのも今のうちだ。そろそろ薬が切れる頃じゃないのか。この薬、十二時間おきに飲むように処方されているんだってな？　切れたらアルファの俺をその気にさせる匂いを抑えられなくなるんだろう。どんないやらしい匂いを撒《ま》き散らすのか俺が嗅いで教えてやるよ」

品性のかけらもない梨羽の発言に、雅純はさすがに我慢できなくなった。嫌悪を隠さず眉を顰《ひそ》め、ぴしゃりと返す。

「よけいなお世話だ。きみの下劣さにはうんざりする」

「なんだと……？」

梨羽は名家の御曹司にふさわしからぬ凄《すご》みを利かせた声音で唸《うな》ると、雅純の胸板を突き飛ばして上体を背凭れに押さえつけた。手荒なまねをされて一瞬息が止まりかける。薄い部屋着一枚しか身につけていないのが心許なかった。梨羽の匂いと熱を間近に感じて気分が悪くなる。

「どうやら、おまえはまだ自分の立場がわかっていないようだな」

いきなり首を片手で摑まれ、喉仏を潰さんばかりの勢いで圧迫される。

「うう！」

雅純は苦しさにくぐもった声を洩らし、覆い被さってくる梨羽を腕を突っ張って押し返そうとした。だが、発達した筋肉の付いた体はビクともしない。首を締めつける手首を摑んでもぎ離すことも叶わず、抵抗した罰だと言わんばかりにいっそうきつく喉を押さえられた。

「は、なして……っ」

死の恐怖に襲われ、雅純は目尻に生理的な涙を浮かばせ、途切れ途切れに哀願する。

「オメガの分際で、取り巻き引き連れて気取って歩いていた罰だ」

「……はな……せ」

「おまえ、次のヒートはいつだ」

「知……らない」

雅純はそれだけは絶対に言えないと、きつく目を閉じた。

「フン。薬でずっと抑え続けてきたから自分でもわからないのか。さすがは伯爵家の庇護《ひご》を受けて育った贅沢《ぜいたく》なオメガだ」

ようやく喉に掛かった手が緩められ、雅純はゴホゴホと咳《せ》き込んだ。涙で視界が霞《かす》む。

「まぁいい。薬を飲めなければ、いずれそれは来るんだろう」

梨羽は雅純が校医に薬を手に入れてくれと頼んだことには考えが及んでいないようだ。不幸中の幸いだと安堵しかけた矢先、狡猾《こうかつ》さでは梨羽以上で、頭も回る豊永が口を挟む。

「特別待遇の個室からして、学院長は仁礼の秘密を知っていたってことですよね。ということは、校医の衣川《きぬがわ》先生あたりも知ってるんじゃないのかな」

「ああ、そうだな。確かに豊永の言うとおりだ。校医が知らないはずがない。当然、なくなった薬の代わりを、衣川先生に頼んで取り寄せしてもらっているよな」

豊永がよけいな入れ知恵をしてくれたせいで、雅純は退路を断たれ、暗鬱とした気分になった。

「だったら仕方ないな」

何が仕方ないのか。

梨羽の唇が酷薄そうにカーブするのを見て、雅純は身を硬くし、兢々《きょうきょう》とする。

「おまえが発情していようがいまいが、俺はその気になってきた」

「何を……言って……」

最も恐れていたことが現実になろうとしている。雅純は目を瞠《みは》り、かぶりを振った。いくら梨羽が厚顔無恥で野卑でも、同窓生を強姦《ごうかん》するようなまねはしないと、心の片隅で思いたがっていた。

「抱くんだよ。今。ここで」

梨羽は雅純を言葉でも辱めるように、粘着質ないやらしさで一言ずつ口にする。

視線を延ばすと、豊永も眼鏡の奥の目に下卑た色を湛《たた》え、口元をにやつかせていた。直接手は出さないにしても、梨羽が雅純を抱く様を見ているつもりのようだ。インテリ然としているが、雅純が暴れて抵抗するようなら押さえつけるくらいの手伝いはする気満々なのが顔に出ている。

「ヒートまで待てばオメガは正気を保てなくなるくらい欲情すると言うが、明日か明後日にも抑止薬が届くんなら、この場でやるしかないだろう？　やりながら首を噛めば、おまえは生涯この俺のものだ。何度でも孕ませてやるよ」

「冗談じゃない」

「ああ。もちろん冗談なんかじゃないさ」

何を言っても梨羽は聞く耳を持たず、話にならない。

なんとかして逃げなくては、本当に梨羽の思惑どおりにされてしまう。

絶対に嫌だ。

梨羽に番として一生慰みものにされるくらいなら、舌を噛んで死ぬほうがましだ。

部屋のドアを背に抜かりなく立ち番をしている仲森は、無口で無骨なスポーツ特待生で、三人の中では最も体格がいい。彼自身はあくどい男ではないようだが、父親が子爵家の執事で、梨羽に頭が上がらないと聞く。梨羽が「逃がすな」と命じれば、体を張って出入り口を死守するだろう。

目の前に立ちはだかる梨羽と豊永の隙を突けたとしても、逃げるなら隣の寝室しかない。だが、それでは自分からベッドに誘うようなものだ。まさに袋の鼠《ねずみ》である。

どうすればいい……？　雅純はズキズキと痛みだしてきたこめかみに指を当て、必死に思考を巡らせた。

切迫した状況に、嘔吐《おうと》してしまいそうなくらい気分が悪くなる。

「おまえ、もちろん初めてなんだろうな？　俺は手垢《てあか》の付いたオメガには、それに相応《ふさわ》しい扱いをする。男のオメガはヒートの時でないと勝手に濡《ぬ》れないらしいが、知ったことじゃない。突っ込んで出すだけだ。だが、初めてなら、少しは優しくしてやらなくもない」

梨羽が品のない発言を楽しげにするのを右から左に聞き流しながら、雅純はまだ熱いままであろう紅茶に目を留めていた。あれをひっくり返して梨羽たちの気を逸らすことはできないだろうか。一瞬でいい。その隙にこの部屋の掃き出し窓からバルコニーに出て逃げる。隣室のバルコニーとは僅か数十センチ離れているだけなので、乗り越えて飛び移ることはできそうだ。施錠されていない窓があれば、無断で申し訳ないが、部屋を通らせてもらって廊下に抜けられる。一階の事務室には舎監がいるので、梨羽たちもそこまでは追ってこないだろう。

雅純にしてみれば大変な賭けだが、それ以外の案は浮かばなかった。

「まぁ、どっちにせよ、番になったら俺のやりたいようにやるだけだがな」

梨羽はまだ悦に入って喋っている。

そのとき、寝室の方でガシャーンという派手な音がした。出窓に石か野球のボールのようなものが当たり、ガラスが割れたようだ。

「なんだ、今の音は。俺たち以外にも誰か寮にいるのか」

「やばい。舎監が来るんじゃないですか」

「階段を上がってくる靴音が聞こえます！」

三人はいっせいに狼狽《うろた》えだした。

躊躇《ためら》っている暇はない。

階段を上がってきているのが舎監なら、病気で学校を休んでいる雅純の部屋に梨羽たちがサボって押しかけてきているのを見れば、どういうことかと怪しんで問い質《ただ》してくれるだろう。そうなれば梨羽たちは分が悪いと諦め、この場は退《ひ》くに違いない。だが、万一舎監ではなく、また別の、雅純を気に食わないと思っている誰かだったなら、暴行に加担しないとも限らない。

逃げよう、と一瞬のうちに意を固めた。

雅純から注意を逸らした梨羽を、思いきり突き飛ばしてソファを立つ。

「おわっ……！」

不意を衝《つ》かれた梨羽は斜め後ろにいた豊永に肩からぶつかる。煽りを食らった豊永も、咄嗟《とっさ》のことで避けられず、蹈鞴《たたら》を踏んで体勢を崩す。

ドアの傍で向かってくる足音に耳を欹《そばだ》たせていた仲森が、ギョッとした顔をしてこちらを振り返るのが目の隅に入ったが、雅純はその後三人がどう動いたのか確かめる間もなく、掃き出し窓に駆け寄り、窓を開けてバルコニーに出た。

「馬鹿めっ、そんなところに行ってどうするつもりだ！」

梨羽が部屋の中から怒鳴る声と、ドアを忙《せわ》しなくノックする音が重なって聞こえた。それ以外の声は雅純の耳までは届かなかったが、部屋の中にいる三人にはノックした人物が何か言うのも聞こえたようだ。

「松嶋《まつしま》先生だ」

「くそっ」

やはり舎監が何事が起きたのか確かめにきたらしい。

様子を見に来たのが舎監だとわかっても、安心はできないと雅純は思い直した。梨羽たちは自分たちに都合のいい説明をして舎監を納得させ、追い返してしまうかもしれない。戻れば梨羽たちの思う壺《つぼ》になる気がする。

ドアを開けて舎監が顔を見せる。

今なら梨羽たちは動けない。

舎監が引き留めてくれている間が逃げるチャンスだ。

雅純は無我夢中でバルコニーの手摺《てす》りに飛びつき、壁に縋《すが》るように手を突いてバランスを取りながら慎重に立った。

なるべく地面は見ないようにする。見たら最後、足が竦《すく》んで動けなくなりそうだ。二階とはいえ、地面まで数メートルある。下は花壇だが、落ちれば無傷ではすまないだろう。

隣のバルコニーまでは数十センチ——だが、実際手摺りに立ってみると、飛び移るのは容易ではなさそうだった。

怖い……。一瞬でも怯んだが最後、先ほどまでの勢いが急速に萎《しぼ》み、なりふりかまわず無謀なまねができた時の精神状態からいきなり我に返った。

冷静になると同時に恐怖に襲われる。

ガクガクと脚が震えだし、壁から手を放せなくなる。隣に飛び移ることはもちろん、屈《かが》むことも、足をずらすことさえできない。

どうすればいいかわからず、雅純は蒼白《そうはく》になった。

今にも窓が開いて、舎監をまんまと遠ざけた梨羽たちがバルコニーに出てくるのではないか。

雅純は振り向くこともできずに壁に張り付いて、絶望的な気持ちになった。

手摺りの上で動けなくなっている雅純を見つけたら、梨羽たちは嘲笑し、さんざん恐怖を味わわせた上で引きずり下ろして寝室に連れ込み、めちゃくちゃにするだろう。

そのとき、隣室の窓が開いて、バルコニーに作業着姿の男が現れた。

三宅《みやけ》——三宅祥久《よしひさ》だ。

どうしてこんなところに三宅がいるのか、普段であれば疑問を抱いたに違いないが、今はそんな段ではなかった。

「受けとめるから、思い切って飛べ！　俺にぶつかるつもりで飛ぶんだ」

三宅は何も聞かず、自分がここにいるわけを説明するでもなく、ただそれだけ言って両腕を広げ、雅純に飛べと促した。

飛ぶしかない。

厚みのある頑健な胸板と、必ず受けとめるからと言わんばかりに身構えた、頼りがいのありそうな腕を見た雅純は、三宅を信じて任せようという気持ちになった。

飛び損ねたら地面に叩《たた》きつけられるとか、バルコニーの手摺りにぶつかって痛い思いをするとか、そんな心配は全部頭から振り払い、三宅の胸に飛び込むことだけ考え、手摺りを蹴って跳ぶ。

目に入れたのは、三宅の男らしく整った顔だけ、誠実で真摯なまなざしだけだ。こんなふうにしっかりと顔を合わせたのは初めてで、なんだか胸が締めつけられる心地がした。感極まって涙まで出そうになる。こんな崖っぷちに立たされた状況で、精神的に不安定になっているからだろうか。三宅の顔に引きつけられて、目を逸らせない。

三宅だけを見つめ、絶対に受けとめてくれると信じて、雅純は身を投げた。

逞しい懐に真っ直《まっす》ぐ飛び込む。

ガシッと三宅が見事に雅純を受けとめる。

勢いが付きすぎていて、そのまま三宅を押し倒す形で転倒する。いくら細いとはいえ、男一人受けとめて微動だにせずにいられるほど三宅も巨漢ではない。尻餅をつきながらも、雅純の体をしっかりと抱きしめ、頭を打たないよう腕で包み込んで庇《かば》ってくれた。

我ながら、よくぞ飛べたものだと思う。

心臓が破裂しそうな勢いでドクドクと激しく鼓動している。興奮に息も上がっていて、喘ぐように空気を吸い込んだ。

「あ……ありが……」

「話は後だ」

たどたどしく礼を言いかけた雅純を遮り、三宅は雅純の腕を摑んですっくと立ち上がる。

開け放たれたままの窓から室内に入る。

そこでようやく一息吐《つ》けた。

ホッとすると同時に、梨羽たちから逃げたい一心で、とんでもなく無鉄砲なまねをしてしまったと今さらながらに体が震えだす。

「よく飛んだ」

三宅は震えている雅純を労るように抱き竦め、背中を優しく擦《さす》ってくれた。すぐに体を離されたのが残念に感じられたくらい、ほんの短い間だった。

「怪我《けが》は？」

少し照れた様子で俯きがちになり、穏やかな声音でいかにも不器用そうに聞いてくる。

雅純も妙にドキドキしながら首を横に振った。緊張がまだ取れていないせいか、喉がからからに渇いている。体も熱っぽくて、脳髄が麻痺《まひ》したようにときどき意識がぼやけ、体の芯が何かに共鳴するかのごとく疼《うず》く。こんなふうになるのは初めてだ。

「手の甲を擦《す》り剝《む》いているな。ちょっと椅子を借りよう」

三宅は雅純が今まともに口が利ける状態ではないのを見て取り、雅純の全身にサッと視線を走らせ、手の甲の怪我に気づいてくれた。

たいした怪我ではないと思ったが、意地を張るだけの気力がなくて、素直に三宅が引いてくれた椅子に腰掛けた。実際、雅純は立っているのも覚束ない有り様だった。

雅純が座らせてもらったのは、この部屋に住む寮生のデスクの椅子だ。勝手に入り込んだ上に長居をして申し訳ないが、今すぐ廊下に出るわけにはいかなかった。雅純の部屋にはまだ舎監がいるようで、窓が開いているせいもあってか、話し声が途切れ途切れに漏《も》れ聞こえる。

『仁礼く……はどこかへ行っ……みたいで、ガラスが……たときには僕たちしか……誰も怪我はして……せん』

『とにかく、業者に連絡してガラスを入れ替えてもらうから、きみたちはここから出て！　早く学校に戻りなさい。さもないと担任の先生に連絡するぞ』

声を張り上げて喋る舎監の言葉だけは鮮明に聞こえた。

舎監に急《せ》かされ、梨羽たちが部屋を出る気配がする。窓ガラスが割れるという想定外のアクシデントに、舎監が様子を見に来る事態となり、従わざるを得なくなったようだ。

雅純が舎監と梨羽たちの遣《や》り取りに意識を向けている間、三宅はポケットからアイロンの掛かったハンカチを取り出し、怪我をした手に巻いてくれていた。

「ありがとう」

ようやくきちんと礼が言えた。

「あとで校医の先生にちゃんと手当てしてもらってください」

先ほどまで貫禄《かんろく》すら漂わせていた頼りがいのある態度はなりを潜め、三宅はキャップのつばで顔の半分を隠したいつもの彼に立ち返っていた。言葉遣いは丁寧に、態度は心持ちよそよそしくなって、さりげなく体をずらして雅純との間に距離を置く。

これを機に三宅と少しは打ち解けられるのではないかと思った矢先に、貝が口を閉じるかのごとく態度を硬くして本来の立場を弁《わきま》えた慇懃《いんぎん》な話し方をされ、雅純は寂しいような気持ちになる。

「僕がなぜあんなところで身動きが取れなくなっていたのか、聞かないんですね」

危ないと思ったから、放っておけずに救いの手を差し伸べてくれたのだろうが、それ以上の興味や関心はべつにないのだと言われているようで、なんとなくせつない。自尊心が傷つきもした。

こんなふうに感じるのは、雅純は三宅がどういう人なのか知りたい、今度こそじっくり話してみたいと思っているからだろう。

雅純がいくぶん消沈した口調で言うと、三宅は困ったように俯き、それからおもむろに頭に手をやった。さらに目深に被り直すのかと思いきや、意外にも帽子を取る。

どういうつもりなのだろう、という訝《いぶか》しさと、しっかり顔を見せてくれて嬉《うれ》しい気持ちが一緒くたになって、雅純はまじまじと三宅を見つめた。

雅純を見返す聡明《そうめい》さと実直さを感じさせる黒い瞳が、眩《まばゆ》そうに細められる。

もしかすると、心臓を痛いくらいに高鳴らせているのは雅純だけではないのかもしれない。なんとなくそんな気がした。三宅がどんな気持ちで雅純と相対しているのかはわからないが、少なくとも嫌われてはいなそうだ。

「……もしかして、僕の部屋の窓ガラスを割ったのは、あなた？」

それも今唐突に頭に浮かんだ考えだった。

「すまない」

三宅は雅純がしゃちほこばった喋り方はしないでほしいと思っていることを見透かしたかのごとく口調を変えた。この場は用務員という立場を捨てて、年上の男として雅純と話すことにしたようだ。

「学祭の後片づけを抜け出して寮に向かう三人を見かけたので、気になって後を尾《つ》けてきた。梨羽尊志《たかし》がきみにやたらと突っかかることは前から知っていた。きみが今日具合を悪くして休んでいると聞いて、もしやと。杞憂《きゆう》ならよかったんだが、案の定、三人はきみの部屋に入っていった。舎監を呼んだほうがいいと思ったが、それだけでは舎監もすぐには動きそうにない。外から梨羽と豊永が居室にいるのが見えたから、苦肉の策で、寝室には誰もいないと信じて出窓に石を投げた。部屋の中できみが困ったことになっているなら、連中の気を逸らして危機を脱するきっかけになるといいと期待する気持ちもあった。ずいぶん非常識で無茶なやり方だったが、咄嗟にそれしか思いつかずにな。しかし、まさかきみがバルコニーを乗り越えて逃げるつもりとは思わなくて、外から見たとき仰天した。足を滑らせて地面に落ちる前に間に合ってよかった。寮でもしばしば電灯の付け替えや備品の修理などを頼まれるので、マスターキーを持っているんだが、それが幸いした。この部屋の生徒には勝手に入らせてもらって申し訳なかったが」

「あぁ、そういうことだったんですか。おかげで助かりました。ありがとう」

三宅と向き合って話していると、内容に関係なく心が浮つく。尋常でない経験をして昂《たかぶ》っていた神経は徐々に平静を取り戻しつつあるが、それとはまた別の昂揚《こうよう》に包まれていて、動悸はいっこうに治まらない。

「この間から助けてもらってばかりで、面目ないです」

「先日ぶつかりかけたのは、俺が不注意だったせいだから。それより、仁礼くんが俺の名を知っていたことに驚いた」

「用務スタッフさん全員の顔と名前を覚えているわけではないけれど、三宅さんは他の方と雰囲気が違って目立つので」

「確かに一人浮いているかもしれない」

三宅は屈託なく言って爽やかに微笑《ほほえ》む。仕事以外ではいつも一人でいる印象があるが、とっつきにくいわけではなさそうだ。

「読書、趣味ですか」

「好きは好きだが、趣味というほどじゃない。休憩時間は他にすることないからね。しかし、光栄だな。仁礼くんにそんなことまで知られていたとは思わなかった」

「気になりますよ。三宅さん、謎めいたところがあるし」

「謎めいている……？　どのへんが？」

三宅に聞き返されて、雅純の脳裡を一昨日温室で見た光景が過《よ》ぎる。藤堂《とうどう》侯爵とどうして一緒だったのか、それも気になっていることの一つだ。嘉瀬《かせ》とはどの程度親しいのかも聞いてみたかった。

「……学祭の一日目に、偶然温室で藤堂侯爵とあなたを見かけたんだけど」

嘉瀬に聞かれたときには、三宅に興味などないと否定したが、本当はこの学院にいる他の誰より関心を持っている。寡黙で真面目、高い知性を感じさせる佇《たたず》まいに、そこはかとなく醸し出る只者《ただもの》でなさそうなオーラ。均整の取れた体軀《たいく》は何を着ても映え、着方次第で作業着もこんなにかっこいいのかと感嘆するほどだ。気にせずにいられるわけがない。

藤堂侯爵の名を出すと、一瞬三宅の表情が強張《こわば》ったように見えた。これはやはり何か関係があるのだと雅純は推察した。

「何か事情があるのなら無理には聞かないけど。嘉瀬真路《まさみち》とは仲がいいそうですね。あなたを祥久って下の名で呼んでました」

参ったな、嘉瀬のことも知っているのか、とばかりに三宅は苦笑し、指の長さが目立つ器用そうな手で、無雑作に髪を掻き上げた。

ただそれだけのしぐさに雅純は男の色香を感じてドキッとする。ふわりと空気に乗って漂ってきた柑橘《かんきつ》系の香りも心地がいい。爽やかな甘さとスパイシーさが鼻腔《びこう》を擽《くすぐ》る。三宅の肌の温《ぬく》もりと、ほのかに混ざった汗の匂いまで想像してしまい、下腹部がザワザワと疼いてきた。なんというはしたない想像をしてしまったのか、と恥ずかしくなる。

「侯爵と俺は関係ない、と今までならきっぱり言えたんだが……少し事情が変わってきたかもしれない」

三宅は慎重に言葉を選ぶようにしながら、雅純に意味深なまなざしをくれる。

なぜそんな目で見られるのか、雅純には心当たりがなく不可思議だった。

「嘉瀬は侯爵の近親者なのではないか、と噂されているみたいだけど、それって……」

「ああ、遠い親戚らしいな」

本当は隠し子ではないのか、と突っ込んで聞きたいところだったが、他家の事情に無闇に立ち入るのは不作法だ。そもそも噂など本気にするのも軽率だ。雅純は、そうですか、と素直に受けとめた。

「きみは、真路が気になるのか」

今度は三宅のほうから質問された。

えっ、と雅純は思いも寄らないことを言い出された心地で戸惑う。三宅も嘉瀬を真路と下の名で呼ぶのだ。それも少なからず衝撃で、胸がズキッとした。ざっくばらんに付き合える親しい関係なのだと知らしめられた気がして、ひょっとするとこの胸苦しさは嫉妬なのかもしれないと思い当たる。

おかしな話だが、どうやら雅純は自覚のないまま三宅に……いや、祥久に惹《ひ》かれていたらしい。ごく最近までろくに話をしたこともなかったのに、手抜きなどいっさいしない熱心な仕事ぶりに感心し、本を読んでいる姿に好感を抱くうち、勝手に気持ちを募らせていたようだ。

僕が気になるのは嘉瀬ではなく、あなただ——喉元まで出かけた言葉を、雅純は理性で押し止めた。そんなことを言えば、祥久は驚き、困惑するに違いない。祥久の反応が怖かった。迷惑がられて、二度と近づいてこなくなられたら、つらい。

「べつに」

たまに気取っているとか、お高く止まっていると陰口を叩かれるが、雅純は本音を吐露したくないときの癖で、べつに、の一言ですませた。

そうか、と祥久も頷《うなず》くだけで深追いしてこない。

焦《じ》れったいような、もどかしいような、なんとも落ち着かない心地になる。もう少し胸襟を開いて、いろいろと話したいと思うのに、いざとなるとぎこちなくなってしまい、言いたいことの半分も言えない。

「そろそろ行こうか。今なら廊下にも人気はない。きみの寝室は窓ガラスを入れ替えるまで使えないから、舎監に頼んでどこか空いている部屋を都合してもらったほうがいい」

祥久の言うとおり、梨羽たち共々舎監も近くにはいないようだ。窓ガラスの交換を業者に手配するため、事務室に戻ったのだろう。

もう少し祥久と一緒にいたかったが、祥久もまだ用務員の仕事中で、そうそう雅純にかまっていられるはずもない。残念だが我が儘を言って困らせるわけにはいかず、聞き分けよく椅子を立った。

自分では普通に動けているつもりだったのだが、立ち上がった途端、意識が薄れるほど激しい目眩に襲われ、ふらりと体が傾《かし》いだ。

「おっと!」

すかさず祥久が腕を伸ばして支えてくれたので倒れずにすんだ。

「大丈夫か」

はい、と返事をしようとしたが、祥久と接触して温もりと匂いを如実に感じた直後、ドクンッと一際激しく心臓が脈打ち、体の中心から末端にかけて隅から隅まで余すところなく痺《しび》れるような感覚が広がっていった。

かつて味わったことのない、熱く淫らな奔流が、頭の天辺《てっぺん》から爪先にまで幾度も巡り続ける。全身が瘧《おこり》に罹《かか》ったかのごとく痙攣《けいれん》し、体の芯を火で炙《あぶ》られるような疼痛《とうつう》に苛《さいな》まれ、じっとしていられなくなる。一人のときにこんなふうになっていたら、床に転がってのたうち回ったかもしれない。

「あ、あ……つい。熱い……！」

それだけではなく、下腹部が凝《しこ》って、衣服が擦れただけで嬌声《きょうせい》を上げてしまいそうなくらい過敏になっており、普段は自慰すらほとんどしない陰茎は硬く張り詰める。後孔はヒクヒクと淫らに収縮し、内側からじわりと濡れてきたのがわかる。

猛烈な欲情に襲われて、息をするだけで体が妖しく震える。

気がつくと、全身汗びっしょりになって、ハァハァと息を乱して喘いでいた。

「仁礼」

突然変調を来《きた》した雅純に、祥久はさぞかし驚いただろう。

「まずいな」

弱ったような声で呟《つぶや》き、再度椅子に座り直させる。だが、硬い木の椅子では、自分で体を支えられなくなっている雅純は姿勢を保てず、祥久が腕を離すと上体を揺らしてガクンと横に傾ぎ、バランスを崩して転げ落ちそうになる。

「だめか。困ったな」

祥久は雅純を椅子に座らせて、舎監か校医を呼びに行くつもりでいたようだ。

「行かないで、ください」

熱の籠もった息を荒く吐きながら、雅純は祥久の腕に縋って頼んだ。すでに冷静な判断ができなくなっており、これが初めて経験するヒートの症状だと、知識と己の状態を繋《つな》いで考えることができなくなっていた。それほどヒートが理性を奪うとは思っておらず、頭の中では、なぜ急にこんなひどい状態になったのかわからず、心細くてたまらなかった。ヒートだと自覚できていたなら、一も二もなく人目を避けて隠れなければ、と焦っていただろう。事情を知る学院長と校医以外は遠ざけたに違いない。

「俺もきみの傍にいたい。いて、きみを癒してやりたい。だが……さすがに俺も、この状態のきみを前にして自制を利かせ続けられるかどうか、自信がない」

祥久の真摯な言葉が雅純の耳朶《じだ》を打つ。

声は聞こえるが、内容は半分も理解できていなかった。麻薬でも打たれたのではないかと疑いたくなるほど頭が麻痺していて、認識力が低下している。まともに思考できる状態ではなかった。

「……薬を、飲んでいなかったんだな？」

祥久がぽつりと洩《も》らした言葉が、霞がかかってぼんやりとした視界を稲妻のように切り裂き、脳髄を射貫《いぬ》く。

「え……？」

玉のような汗がこめかみからツーッと流れ落ちてきて、長さのある睫毛に引っ掛かる。瞬《まばた》きした拍子にそれが目に入り、沁みて痛くて開けていられなくなった。

薬と言われて、ようやくこれはヒートだと気がつく。周期的には明日か明後日だと思っていたが、梨羽たちにオメガであることを暴かれたショックが体にも影響を及ぼし、早めに来てしまったらしい。

ヒート状態になったこと以上に雅純をおののかせたのは、祥久が雅純の秘密を承知しているような口振りだったことだ。

なぜ知っているのか。

ベータにはオメガのフェロモンは通常感知できないと聞いているが、極稀《まれ》にわかる者がいると言う。アルファのように性欲を誘発されることはないものの、オメガを見分けられるということだ。

祥久もその稀なベータだったのか。

——それとも、まさか……？

薄い胸板を心臓が乱れ打つ。治まる気配もなく痛みすら感じてきた。

「きみが今日学校を休んだわけも、梨羽尊志たちがきみの部屋に押しかけて何をしようとしたのかも、だいたいわかった。梨羽にもついに気づかれてしまったか」

「ま、待って。なんの話？　もしかして、もしかして……あなたも……？」

「俺はアルファだ」

にわかには信じがたかったが、祥久の言葉を疑い、否定する理由はなかった。

雅純は予想外の展開に衝撃を受け、祥久の腕を力なく離すと、縦横に板を組み合わせただけの木製椅子の背凭れにぐったりと背中を預けて放心する。

祥久を見るたびに、アルファの兄、高範《たかのり》と印象が似ていると思っていた。生命力の強さを感じさせる潑剌《はつらつ》とした体軀もそうだし、上に立つ者が醸し出す、尊厳や、責任感といったものを纏《まと》っているところもだ。立場は違うが、根っこの部分に同じ匂いを感じ、それもあって祥久が気になるのかもしれない、と己の気持ちを探ったこともある。

しかし、アルファ種がそう何人も身近にいるはずがない。まして、アルファに生まれて学院の下働きをしているなど、普通はあり得ない。そんな先入観があって可能性として考えたこともなかった。視野が狭かったのだ。

「そんな……そんなことって……」

雅純は混乱し、肩を揺らして苦しげに息をつく。激しい欲情が間断なく襲ってきて、理性を保てなくなりつつあった。

腕はだらりと脇に垂らしたまま持ち上げることもできず、平衡感覚を失った頭は不安定にグラグラする。目眩はますますひどくなり、全身にじっとりと脂汗をかいていて、吐きそうなくらい気分が悪い。

なにより、脈打つたびに体が疼き、下腹部が張り、後孔が猥《みだ》りがわしく濡れてくるのが、どうしていいかわからないほど雅純を戸惑わせた。勃起した性器も下着の下で窮屈そうに押さえつけられている。摑み出して指の腹で括《くび》れを撫《な》でたら、節操もなく白濁を滴らせそうだ。種のないオメガの精液は、アルファの情動をさらに煽る媚薬《びやく》らしい。先端を銜《くわ》えて吸われ、舐《な》め回されることを想像すると、猛烈に淫らな性感に襲われた。思わず艶めいた声を上げて、腰を揺すってしまう。

汗が噎《む》せ返るような芳香を撒き散らしている。爛熟《らんじゅく》した果物のように甘く、豪奢《ごうしゃ》な花のように華やかな匂いに、自分自身酔いそうだ。どうしてこれが大多数のベータには知覚できないのか、いっそ不思議なくらいだ。

初めて経験するヒートは想像以上にきつく、雅純は青息吐息だった。このままではおかしくなってしまいそうだ。自分が自分でなくなる気がして怖い。

「いつから……？　いつから気づいて……いたの？　僕が、『そう』だって」

薬で抑えているつもりだった。雅純を嫌い、常に粗探しをしていた梨羽ですら、五年以上同窓生として遠からぬ距離で朝から晩まで共に過ごしていながら、雅純が『そう』だと確信したのはここ最近だ。おそらく水飲み場で薬を飲むところを見られたときから疑いだしていたに違いない。

祥久がこの学院に勤め始めたのは二年近く前からだ。大学を卒業して就職先を探していた若い男性が用務スタッフに採用された、と当時ちょっと話題になった。皆、なぜわざわざそういう職に就くのだろう、と不思議がっていたものだ。雅純も、噂話に加わりこそしなかったものの、内心密《ひそ》かに変わった人だと思っていた。

「きみは信じないかもしれないが……」

祥久は言おうか言うまいか迷っている口振りで、躊躇いがちに答えた。

「この学院に来て間もない頃、図書館に切れた電灯を交換しに行ったときのことだ。書架と書架の間できみと擦れ違った」

ああ、と雅純もすぐに思い当たった。そのときの記憶が鮮明にある。

帽子を目深に被っていても、精悍《せいかん》な顎のラインや、知的な印象の口元から、ずいぶん端整な容貌をした用務員さんだと思い、不躾《ぶしつけ》なくらい視線を向けてしまった。目が釘付《くぎづ》けになって逸らせなかったと言い直したほうが正解かもしれない。祥久を見かけるたび、雅純はその感覚を味わわされている。その最初が、図書館で会ったときだったのを、あらためて思い出す。

「あのとき、通路から現れたきみに気づいた瞬間、俺の体が反応した。あんな感覚は生まれて初めてだった。だが最初は信じられず、何かの間違いだと思った。きみの存在は学院に来てすぐ、有名な生徒だと聞いて知っていた。名門貴族の次男で成績優秀、体は弱いがスポーツも一通りこなす、並外れた美貌の優等生だと。本当に綺麗で驚いた。綺麗すぎるから、感覚が狂ったとしても不思議はない。そう解釈して己を納得させたつもりだったが、さらに近づいて擦れ違ったとき、きみから発散される匂いを強く感じて酔いかけた。それで、これはもう、間違いないとわかったんだ」

「でも、それはおかしい……。だって、今まで梨羽も嘉瀬も気づかなかった。僕が毎回欠かさず薬を飲んでいたから」

「そうだな。なぜだったんだろうな」

祥久の口調は穏やかで優しい。雅純を刺激しないよう、細心の注意を払って言葉を選び、宥《なだ》めるような物言いをする。兄以外にもこんなにオメガの自分に対して愛情深く、謙虚に接してくれるアルファがいたとは意外だった。血の繋がりのないアルファというのは、オメガに対して絶対的優位に立っているため、傲慢で容赦がなく、オメガを物のように扱うのが一般的かと思っていた。実際、梨羽の態度はまさにそれだ。

「ひょっとして、嘉瀬も気づいてる……？」

ふと、温室の前で嘉瀬に耳打ちされた、梨羽尊志に気をつけろ、という言葉が頭に浮かび、雅純は重たい瞼を開けて祥久に問いかけるまなざしを向けた。あの言葉の意味が今になって身に沁みる。嘉瀬は、梨羽もまた雅純の秘密に気がついたようだと警告していたのかもしれない。と言うことは、嘉瀬もまた知っていたと考えるべきなのではないか。

「真路は、おそらく、俺の態度を観察していて気がついたのだろう」

祥久はゆっくりと瞬きし、黒い瞳を面映《おもは》ゆそうにちらとあらぬ方向へ彷徨わせた。

「そうでなかったとしても、聡《さと》くて、色恋の機微に長《た》けた男のようだから、そのうち自分で気がついたに違いない。『あからさますぎるんですよ』と揶揄《やゆ》されて、参った」

「あからさま……？」

雅純は微《かす》かに首を傾げた。喋るたびに声が体に震動を与え、その微かな刺激にすら官能を揺さぶられ、太腿《ふともも》を摺り合わさずにはいられなくなりそうなほどの淫靡《いんび》な感覚に苛まれるので、次第に口数も減りがちになる。

「……俺はアルファだが、オメガと出会ったのは、きみが初めてだ」

木訥《ぼくとつ》とさえ感じるぎこちなさで言い、祥久はまた僅かに雅純から体を遠ざけた。

雅純はそれが不安で、悲しい気持ちになる。祥久には雅純の放つ濃厚な匂いが苦なのかもしれない。できればもっと離れたいと祥久に思われているようでつらかった。

「僕の傍にいると、体だけおかしくなって迷惑？」

好きな人がいるのなら、オメガの誘惑には乗りたくない、なんとしても避けたい気持ちはわかる。相手のことが好きでも嫌いでも、アルファはヒート状態になったオメガを性的に無視できない。中にはそれが嫌なアルファもいるだろう。恋人に貞操の誓いを立てている誠実なアルファならきっとそうだ。祥久はそういう性格の気がする。

「いや……」

祥久は微妙な表情になって言い淀《よど》む。雅純は答えにくいことを聞いてしまったと後悔した。

「ごめん。もう行ってください。あとは一人でなんとかする」

「いや、そうじゃない」

雅純の言葉に虚を衝かれた様子で、祥久は強い語調で否定する。祥久の勢いに雅純は気圧《けお》され目を瞠った。

「逆だ。俺は……俺は今かなり切羽詰まっている。必死で自制しているが、これ以上きみに近づくと、何をしてしまうかわからない。だから少しでも離れたほうがいいんだ。きみが望まないことはしたくない」

「……それって……」

祥久は雅純をオメガだと知ってなお、人としての尊厳を護《まも》って、対等な関係を築こうとしてくれているということだろうか。

「とりあえず、校医の先生を呼んでこよう。そろそろ舎監が戻ってくるかもしれないから、きみは自分の部屋にいろ。寝室は使えないが、居室のソファで横になれる。あとは校医に任せる。少しでも症状が緩和するよう手を尽くしてくれるだろう」

「待って、三宅さん……！」

踵《きびす》を返しかけた祥久の手を、雅純はやっとのことで摑んだ。

「……やっぱり行かないで」

指は震え、ほとんど力が入らない。手のひらまでも燃えるように熱くなっているのが自分でもわかる。

祥久がハッとして動きを止め、雅純の額に手を伸ばす。

「熱、ひどいな」

手と手を握り合い、熱を測るために額に触れられただけで、悶《もだ》えそうになるほど強烈な欲情に襲われる。

「あ……んっ」

堪《こら》えるために歯を食い縛ろうとするが、唇がわななないて口を閉じることもできない。飲み込みきれずに零《こぼ》した唾液の筋が顎を伝って滴り落ちる。それにさえ感じて、ビクビクと身を震わせた。

「三宅……、祥久さん」

あともう僅かで理性を手放し、なりふりかまわずアルファを求めるギリギリのところに雅純は踏み止まっていた。感情が昂りすぎて涙が溢《あふ》れ出す。泣くつもりはないのに、止まらなかった。

アルファに精を注いでもらいさえすれば、ヒートの苦しみからは逃れられる。アルファが望まなければ番になる必要はない。オメガは番にしてくれるアルファが見つかるまで、ヒートのたびに新たな相手を探すか、薬を飲み続けてヒートを抑えるかのいずれかだ。アルファとオメガの関係性においては、アルファのほうが圧倒的に優位に立っている。

「僕は……あなたがいい」

ここにはアルファが三人もいる。選べるのならば、同級生の嘉瀬ではなく祥久に抱かれたかった。梨羽は論外だ。嘉瀬のことも嫌いではないが、以前から雅純は祥久が気になっており、惹かれていた。祥久のほうも雅純に関心を持ってくれているのなら、躊躇う理由はどこにもない。

「俺を誘惑するのか、きみは」

祥久は雅純の手を取り、あらためて自分のほうから指を絡ませて、ぎゅっと強く握り締めてきた。

「僕はオメガで、あなたはアルファだ。あなたの好きに扱ってくれていい」

興味本位で一度抱くだけでも、首筋を噛んで契約の証《あかし》を刻み込み、飽きるまで番として隷属させられてもかまわない。後悔はしないと雅純は心を固めた。

「敵《かな》わないな。俺はきみには勝てない。抗《あらが》えるはずがない」

祥久は、そうは言っても、まんざらでもなさそうにフッと微笑むと、雅純の手の甲に口を寄せ、恭しく唇を押し当てた。

「きみは一目惚《ぼ》れは信じるか」

「……あると、思う」

雅純は祥久をそれに近い感覚で気にし始めた。祥久もまた、先ほどの話を聞くと、図書館で出会ったときに雅純を見初めてくれたことになるのだろう。

「じゃあ、運命の番は？」

重ねて聞かれて、雅純は「あっ」と小さく息を呑《の》んだ。

「それはフィクションの世界の話かと思っていたけれど……今あなたの口から聞いて、あってもいい気がしてきた」

「俺に、運命を感じるか？」

率直な質問を受け、雅純は照れくささに目を伏せて睫毛を揺らし、小さく頷いた。

「俺も感じている」

祥久からもはっきりと言われた。こんな夢のような出来事が現実に起きるのかと、不思議な気分だ。自分に都合がよすぎて、夢だとしても図々しい気がする。自分などが、ここまで幸せを感じていいのだろうか。いっそ不安になってくる。

祥久は雅純の手を宝物でも扱うように優しく膝の上に戻すと、先ほどより発汗が落ち着いてきた顔を愛《いと》おしげに撫でて、ちらっとドアに視線を流した。

「ちょっと待っていてくれるか」

雅純に断りを入れた祥久は、大股でドアに歩み寄り、ノブを掴んで開けた。

どこに行くつもり、と雅純が問うより先に、祥久は廊下の左右を見回して、低めた声音で呼びかけた。

「真路。いるんだろう」

嘉瀬が近くにいるとは思ってもみず、雅純は驚いた。ますます祥久と嘉瀬の関係がどういったものなのか計り知れなくなり、謎が深まる。

「はい、はい。いますよ」

緊張感のかけらもない軽妙な声と共に、廊下の左手から嘉瀬が飄然《ひょうぜん》と現れた。

「……きみ……いつから……?」

嘉瀬に不様な姿を見られたくなくて、雅純は無理をして背凭れから体を起こし、姿勢を正そうとした。

「ああ、そのままで。具合が悪いのはわかってる。お邪魔虫はすぐに消えるから」

ひょいと室内を覗《のぞ》き込んで雅純と顔を合わせた嘉瀬は、何もかも心得た様子で雅純を押し止め、祥久に向かって打って変わった慇懃《いんぎん》さで頭を下げた。

まさか、と雅純は唖然《あぜん》としつつ、今までバラバラに見えていた事柄が次々と符合していき、一枚の絵が現れる様を脳内で描いていた。そういうことだったのかと、あれもこれも腑《ふ》に落ちて、ザワッと全身に震えが走る。

「申し訳ないが、今日と明日の二日間、彼を連れてどこかに隠れたい。なんとかできるか」

「なんとでも」

作業着姿の祥久が、雅純には宮家のプリンスにも勝るとも劣らない威風を醸し出しているように見えた。

いつも教室にいない、サボリ魔の年上の同級生——嘉瀬が海外での遊学から戻ってきてこの学院に再編入したのは、祥久が用務スタッフとして中途採用された次の年度からだ。

「それから、梨羽尊志の件だが……」

「そちらもなんとでも。ただし、あなたのお心次第です。侯爵様のお力をお借りになりたいのであれば、条件をお呑みください」

条件……？

不穏な言葉が嘉瀬の口から出て、二人の遣り取りを息を詰める心地で見守っていた雅純は身を硬くした。

「……俺は、遠縁のきみがいる以上、旅先のホテルで出会って一月の間だけ付き合った母との間に生まれた俺を養子にしてまで跡継ぎにする必要はないと思うが。侯爵にもそう申し上げた。なにより、きみもアルファだ。俺の出る幕はないだろう」

「あなたは侯爵の実子ですよ。これほど立派な実子がいるのに、なにゆえ遠縁の私が侯爵家の跡を継げましょう。私は、これまでどおり、侯爵家にお仕えする秘書の家系の者としてお役に立ちたい所存です」

やはり噂は本当だった。もっとも、隠し子ではないかと囁《ささや》かれていたのは、祥久ではなく、嘉瀬のほうだったが。嘉瀬は、祥久を見守り、逐一行動を報告するよう侯爵に頼まれて学院に編入してきたのだろう。だから、教室にはめったにいなかったのだ。

条件とは祥久が侯爵家に入ることらしい。だが、祥久はそれは本意ではなさそうだ。難しい顔をして黙り込んでいるのが、こちらに背中を向けていても、雅純には見えているように察せられた。

「何かまだ問題がありますか。いかにオメガとはいえ、伯爵家の御次男を番にされるおつもりなら、次期侯爵のご身分はあったほうが話が簡単です。それに、彼を守り抜く力は大きいに越したことはない。あなたが三宅姓を捨てて藤堂祥久と名を改めれば、彼を無理やり手に入れて貶《おとし》めようとしている梨羽尊志もきっと引き下がります。梨羽子爵家は藤堂侯爵家の足下にも及ばない弱小貴族ですからね。また、梨羽はそういうことを非常に気にする男です。弱者には居丈高に振る舞いますが、強者には媚《こ》びる。侯爵様も跡継ぎ問題を最良の形で解決できてお慶《よろこ》びになりますよ。彼とのことも、反対はされないでしょう。オメガの彼が孕むあなたの子は、男でも女でも確実にアルファですから」

だんだん話が生々しく明け透けになってきて、雅純は聞いているのが恥ずかしくなってきた。ただでさえ熱っぽかった顔がますます火照ってくる。

嘉瀬の言うことには破綻はなく、雅純としては、祥久さえこの案を受け容《い》れられるのであれば、従うのはやぶさかではない。けれど、一番尊重したいのは祥久の気持ちだ。祥久の中に躊躇いがあるのなら、少なくとも雅純のために信念を曲げたり妥協したりするようなことはしないでほしかった。

嘉瀬が祥久を説得するべく長々と語って口を閉じたあとも、祥久はしばらく逡《しゅん》巡《じゅん》するように黙っていた。

「……僕のことは、考えなくていい」

見かねて、雅純は控えめに口を挟んだ。

祥久がおもむろに振り返って雅純を見る。

目と目が合う。

その瞬間、雷に撃たれたような衝撃を感じ、脳髄が痺れた。さらにそれが体の隅々まで広がっていく。身悶えしそうになるほどの淫靡な刺激を熱くなった体に与えられ、雅純はぶるっと身を震わせ、唇を嚙んだ。はしたない声を上げてしまいそうになったのだ。

衝撃を受けたのは祥久も同様のようだ。

目を瞠り、体を僅かに傾がせる。

「どうしました？」

何事が起きたのかと嘉瀬が怪訝《けげん》そうにする。嘉瀬は祥久と雅純を交互に見たが、雅純は嘉瀬と目を合わせても何も起きなかった。まるで、祥久との間にだけ通っている回路があるかのようだ。不思議だが、運命を感じて、祥久からは離れられないのだと悟った。

「いや。今、心が決まった」

祥久は嘉瀬に向き直り、毅然《きぜん》とした声で言う。嘉瀬の表情もすっと引き締まり、雅純が初めて見る有能な秘書の顔になった。

「侯爵の気持ちは、先日直接お目にかかって伺った。俺を跡継ぎとして正式に迎えたいという話、僭越《せんえつ》だが、お受けする。その代わり、雅純を護らせてくれ。俺の番だ」

「畏《かしこ》まりました」

普段の軽いノリはチラとも見せず、嘉瀬は深々と腰を折り、神妙に答える。どちらが本来の姿なのか、雅純にはわからなかった。それより、祥久の口から「俺の番」とはっきり言われたことに面映ゆさと歓喜を覚え、胸の高鳴りを持て余していた。

「話はついたな？　さっそくだが、先ほどの件、頼む」

「お二人でお過ごしになる場所でしたら、隣町に侯爵家所有の別邸がございます。すぐにお車の手配をさせますので、それでご移動ください」

「俺の仕事はどうにかなるか」

「そちらも、雅純さんの欠席も、問題ないようにしておきます。梨羽尊志に関しては、子爵家を通じて今後いっさい至らぬ振る舞いをしないよう忠告します。侯爵家の逆鱗《げきりん》に触れては大変と、子爵家が恐れおののいて転校させるかもしれませんね」

「相変わらず怖い男だな……きみは」

「お褒めいただき光栄です。では、十分後に寮の正面玄関にお越しください。迎えの車を着けさせます」

祥久は満足そうにフッと息を吐く。

雅純の許に戻ってくるときの祥久の足取りは、なんとも照れくさそうで、嘉瀬と話していた際の自信に満ちた雰囲気はなりを潜めている。色恋にだけは不器用そうで、雅純はかえって愛しさを掻き立てられた。

近づいてきた祥久は、椅子に座った雅純の傍らに片膝を突いて腰を落とすと、膝の上に乗せていた雅純の手を取り、両手で包み込むように捧《ささ》げ持つ。

「聞いていたな?」

「……はい」

あらたまった態度に雅純も気恥ずかしくなってきて、ぎこちなく答えた。

「番に、なってくれるか」

本来は先に聞くべきだったが、嘉瀬に先に返事をしてしまった、と祥久は真面目に雅純に申し訳ないと謝る。

オメガの意志など尊重するアルファのほうが珍しいのではないかと思っていたが、雅純の周囲にいるアルファは兄も嘉瀬も含め、礼儀正しい紳士ばかりだ。自分は本当に恵まれていると感じ、涙ぐみそうだった。

「一度でもいいと思っていた。最初だけは、好きな人にしてほしいと。……僕が嫌と言うはずがない。わかっているはずだ」

「わかっていても、確かな返事がほしい。それが恋に溺れる男というものだ」

祥久の匂いに包まれ、愛情の籠もった熱い言葉を聞いているうちに、雅純は体の奥が猥りがわしく疼いて、堪《たま》らなくなってきた。

すぐ傍に、運命の相手がいる。

一つになって精を注がれ、孕まされたい。そんな想いが強くなる。子供を産みたいなど今まで考えたこともなかったし、むしろ恐怖以外のなにものでもなく、自分には不要な体の仕組みだと嫌悪してきたはずが、祥久とならばまるで意識が変わる。

ドアはいつのまにか音もなく閉じられており、すでに嘉瀬の気配は廊下からも感じられなくなっていた。

雅純は祥久の肩に手を掛けて背凭れから上体を起こすと、跪《ひざまず》いて顔を擡《もた》げた祥久の口を己の唇で塞ぐ。

粘膜と粘膜が触れ合った途端、雅純はあえかな声を洩らして肩を揺らしていた。祥久もピクリと頬肉を動かし、情動を煽られたように雅純の背中に腕を回してきて抱き寄せる。

ジィンとした痺れが官能の源から湧き起こり、喘がずにはいられない淫靡な快感が下腹部を襲う。

キスはあっというまに深く濃密になった。

祥久に唇をこじ開けられ、濡れた舌を差し入れられる。弾力のある舌で口腔《こうこう》を掻き交ぜられ、どうすればいいかわからず怯ませかけていた舌を搦《から》め捕《と》られる。

舌の根が痺れるほど強く吸われ、雅純は我ながら赤面してしまうような艶っぽい声で喘いだ。思わず自分から祥久にキスをしてしまったが、これが正真正銘、初めてのキスだ。初めてなのに、あまりにも濃厚な行為になり、目眩がして気が遠くなりそうだ。

舌に乗せて流し込まれてきた唾液を飲まされる。

祥久の体液を体に入れると、息が苦しかった状態は和らいだが、欲情はさらに増した。

ジンジンと体の奥が疼く。

後孔の物欲しげなひくつきと濡れ具合もひどく、暴かれたら羞恥のあまり死んでしまいそうだ。

「……十分経《た》ったな」

もはや前戯そのものとなったキスをしながらも、祥久は時間を忘れてはいなかった。

「行こう」

濡れた唇を名残惜しげに離し、当たり前のように雅純を横抱きにする。

「あ、歩ける……から、下ろして」

「問題ない。きみは軽い。軽すぎて心配になるくらいだ」

筋肉が発達した祥久の腕に抱えられ、階段を下りて正面玄関まで運ばれる。

その間、寮内はシンと静まりかえっていて、誰とも出会《でくわ》さなかった。舎監はまだ窓ガラスの入れ替えの手配をしに出たまま戻っていないようだ。梨羽たち三人の姿もなく、雅純は心底ホッとした。今後の彼らの動向についても——おそらく心配する必要はなさそうだ。

正面玄関に着けられているのは黒塗りの高級車だった。フロントレンジに侯爵家のエンブレムが付いている。

運転手の他に黒いスーツを着た五十代くらいと思しき男性がいて、雅純を両腕に抱えた祥久の姿を目にすると、すかさず後部座席のドアを開け、畏まって頭を深々と下げた。

「別邸の執事か。急なことで申し訳ない。二日ほど世話になる」

「とんでもありません。お越しいただけて光栄に存じます」

雅純をシートに座らせ、祥久も乗り込んで隣に腰を下ろす。

車はすぐに走りだした。

学院が所有する広大な敷地を走り抜け、門番のいる大正門を出る。

侯爵家所有の高級車だけあって、シートはアイボリー色の本革製、ゆったりしており、座り心地は抜群だ。ほとんど揺れを感じることなく、後部座席に備え付けられたクーラーボックスに冷やされていた水をグラスに注いで渡されても、室内にいるときと変わらない状態で飲める。

それにもかかわらず、雅純の火照りと疼きはひどくなる一方だ。一口水を飲んだあとは体にまるで力が入らなくなり、僅かな震動を拾っては、艶《なま》めかしい声を洩らすほど感じてしまう。

薄く開いたままの唇から吐く息は乱れて熱く、すぐに喉がカラカラになる。

大きなクッションにぐったりと埋もれ、両腕をだらりと座面に預けたまま、雅純は激しい欲情に全身を嬲《なぶ》られていた。

はっ、はっ、と喘ぐように呼吸すると、それに合わせて性感の源を直に撫で回されるような苛烈な刺激を受け、ビクビクと腰を揺すって身悶える。

薄いシャツを突き上げるように尖《とが》り出した乳首が、身動《みじろ》ぎするたびに布地で擦られ、脳髄を電流で直撃されるような感覚を味わわされる。

「はあぁっ……いや。も……う、いやだ」

これ以上感じたくない、感じさせられたらどうにかなってしまう。

雅純は怺《こら》えきれずに啜《すす》り泣き、ひっきりなしに身を引き攣《つ》らせ、淫らに内股を擦り合わせた。

「雅純」

最初は雅純に気安く触るのを控え、別邸まで我慢する気でいたらしい祥久も、苦しんでよがり続ける姿に、とうとう放っておけなくなったようだ。

噎《む》せ返るような芳香が車内に立ちこめている。たびたび感じた祥久の放つ匂いと、発情した雅純が撒き散らすフェロモンが混ざり合い、息をするだけで達してしまいそうなほど性欲を刺激される。この中でアルファとオメガが正気を保ち、行儀よくしていられるはずがなかった。

ここまで理性を保って雅純に手を出さずにいた祥久の忍耐強さは、卓越している。並みの精神力ではないと感心するほかない。

「できれば、ベッドで精一杯優しくしてやりたかったんだが。俺も、もう、限界だ」

「た、す、けて……、助けてっ」

ときおり意識を混濁させ、薄れさせかけては、猛烈な疼きに引き戻されるという淫欲地獄を幾度も味わわされて、雅純はすでに息も絶え絶えだった。

気は遠くなるのに、体の芯を炙《あぶ》られるような熱さと、腫れ凝った性感の源を揉《も》みしだかれ、弄《いじ》られ、悶えさせられる感覚はひどくなる一方だ。

太腿を合わせる力もなくなり、四肢をだらりと投げ出して、今にもシートからずり落ちそうになった雅純を、祥久は理性の箍《たが》が外れたような荒々しさで掻き抱いてきた。

力強い腕に抱き竦められただけで、雅純は脳髄を貫かれたような衝撃を受け、全身をのたうたせた。

「すぐ、楽にしてやる」

もう愛撫《あいぶ》など必要ないほど後孔は濡れそぼち、ヒクヒクと猥りがわしくアルファの雄蕊《ゆうずい》を欲して収縮を繰り返している。

蜜のようなとろみのある、滑りのいい愛液が下着を湿らせ、粗相をしたと誤解されそうな有り様になっているであろうことがわかる。恥ずかしくてたまらなかったが、ズボンを下ろされ、下着に掛けられた祥久の手を拒む余裕はなかった。

下着も剝ぎ取られ、剝き出しになった素足を、祥久の膝の上に座らされたまま、大きく広げさせられる。

「すごい匂いだ。そそられる」

「やめて……お願い。恥ずかしい」

あられもない格好をさせられた上に卑猥《ひわい》な言葉を耳元で囁かれ、雅純は火をつけられたかのごとく赤面した。

「今さらやめられない。きみは俺のものだ」

独占欲を剝き出しにした祥久はアルファらしい猛々《たけだけ》しさと精力に溢れ、今まで雅純に見せたことのない強引さで迫ってくる。

祥久に激しく求められれば求められるほど雅純は官能を揺さぶられ、性欲と恋愛感情を増幅させていく。自分が奪われる性であることを痛感させられた。

祥久の逞しい胸板に背中を預けて完全に凭れかかり、開かされた脚の間を弄られる。

そそり立つ陰茎を扱《しご》かれると、先端の小穴から種のない精液が溢れてくる。

「あぁあっ、んっ。んっ……！」

気持ちがいい。

淫らな嬌声が口を衝いて出る。

同時に後孔にも指を使われ、雅純はあられもなく悶え泣いた。

「このまま挿《はい》りそうだな」

祥久は雅純の淫らな花に三本揃えた指をずぷっと挿入し、ぐっしょり濡れた筒の中を慣らすように抜き差ししながら、ベルトを外してズボンを膝まで下ろす。

片手で摑み出された性器の大きさは雅純をおののかせたが、同時に痺れるような情欲も湧かさせた。

祥久は雅純の腰を両手でがっちりと支え、己の猛った肉棒の上に導くと、ゆっくり尻を下ろさせた。

先ほどまで三本の指を銜《くわ》え込まされ、解《ほぐ》されていた秘部に、太くて硬い祥久の雄蘂が潜り込む。

「は……っっ、あ、あっ」

「雅純」

「ひっ。あ。あああっ」

ぐぷっとエラの張った部分を呑み込まされると、あとは自重でズブズブと一気に深いところまで刺し貫かれた。

「ああっ、あっ！」

ズン、と根元まで挿《い》れられ、最奥を突き上げられる。

ひいいっ、と嬌声を放ち、雅純は顎を仰《の》け反《ぞ》らせて背中を反り返らせた。

「くっ！　締まる。……っ、雅純」

祥久の口からも悦楽の声が出た。

長大なもので祥久の腰に縫い止められ、生きたまま標本の蝶《ちょう》になった気がした。恐れを欲求が凌駕《りょうが》する。麻薬のような物質が体内から出ているようだった。

体の奥深くまで祥久の一部で穿《うが》たれ、しっかりと繋がり合っている。

雅純の中で祥久が猛々しく脈打つのがわかり、雅純は思わず息を止めて未知の感覚を味わった。

「ここに出すと、きみは、俺の子を今孕むかもしれない。それでもいいか」

「いい」

雅純は喘ぎながら、はっきりと頷く。

「わかった。きみは俺の番だ。俺が一生責任を取って大事にする」

「祥久」

座位で繋がり合った腰を、祥久が下から突き上げるようにして揺さぶりだした。

悦楽の波が怒濤《どとう》のように押し寄せてくる。

雅純ははしたなく嬌声を上げ、あられもなく悶え、乱れた。

腰を持ち上げられては落とされ、狭い器官を肥大して硬く張り詰めた肉棒でしたたかに擦り立てられる。

惑乱するほどの快感に目眩を起こし、何度も気が遠くなった。

首筋を唇でまさぐられ、欲情したアルファだけが歯肉から僅かな時間生えさせる牙を肌に突き立てられる。

濃厚な血の臭いが雅純の嗅覚を刺激した。

頭が真っ白になる。

ドクンと最奥で祥久の雄蘂が弾ける。

夥《おびただ》しい量の迸《ほとばし》りを注がれ、後孔がギュウッと収縮した。

雅純が覚えているのはそこまでだ。

そのままガクンと頭を垂れて、祥久に抱きしめられたまま失神していた。

＊

気がつくと、豪奢な天蓋のついた大きな寝台に寝かされていた。

瞼を開けるのを待ち兼ねていたかのように、傍らで椅子に座って寝顔を見ていたらしい祥久に手を握り締められる。

「よかった。気がついたな」

雅純に無理をさせすぎて壊したのではないかと心配していたかのような口振りだ。祥久の優しさと愛情をひしひしと感じ、雅純は胸が熱くなった。

「……今は、夕方？」

「ああ。きみは七時間近く眠っていた。医者に診せたところ、どうやら、俺が嚙んだせいらしい。番の絆《きずな》を結ぶとこうなるのだと言っていた」

祥久は照れくさそうに睫毛を揺らす。

「ちゃんと、覚えています」

嚙まれたときのことを反芻《はんすう》し、雅純は言った。不安ももちろんありはするが、それ以上の幸福感に包まれており、気持ち的には落ち着いていた。

祥久が雅純を己のものにすると決め、生涯他のアルファには渡さない証に雅純の首を嚙む。嚙まれた雅純は、死ぬまで祥久以外のアルファでは満たされなくなる。薬で抑えることもできなくなる。アルファに飽きて放逐されれば、生きることも困難になる。

祥久を信じていなければ、受け入れ難いことだ。

正直、怖いと思う気持ちは完全には払拭されていない。

けれど、祥久以外のアルファに託すことはもっと考えられず、これが自分にとって最良の選択だと本能が教えてくれている。

「ずっと、オメガに生まれた自分が嫌でした」

雅純は今まで誰にも話したことのない心情を言葉にしていた。

「家族に迷惑の掛けどおしになりそうな人生が苦しくて、成人したら解放されると思いながらも、本音は一人で生きていかなければいけないのが寂しくて。惨めで。こんな僕を本気で好きになってくれる人なんかいるはずがないと諦めていました」

でも、と雅純はふわりと微笑み、明るい表情で祥久と真っ直ぐ向き合った。

「あなたが僕に光をくれた」

今、心からそう思う。

口にすると大袈裟《おおげさ》に聞こえて恥ずかしかったが、雅純は言わずにはいられなかった。

「あなたに会えて、こうなって、生まれて初めてオメガでよかったと思えた」

「雅純」

祥久の顔が歓喜に輝く。雅純の告白に感動すらしているようだった。

「どうか、末長く、よろしくお願いします」

雅純は祥久の顔を瞬きもせずに見つめ、丁寧に頭を下げた。

「ありがとう。愛している、雅純。一生大切にする」

祥久も誓いの言葉を口にする。

そして、雅純の手を恭しく捧げ持つと、左手の薬指を口に含み、やんわりと付け根に歯を立てたのだった。

やんごとなきオメガの婚姻

＊＊＊

「ねぇ、ねぇ。夏休みさ、もう何か予定立てた？」

「俺ン家《ち》は例年通りイギリス～。父さんの知人がマナーハウス持っててさぁ」

「僕は今年は受験だから家庭教師と留守番だ。途中、一週間くらいなら息抜きでマウイあたりに行かせてもらえそうだけど」

七月の声を聞くと、学院は夏季休暇の話題でざわつきだす。

毎年のことだが、今年は少し違っていた。お祭りムードで気軽にはしゃげない雰囲気が学院内を覆っており、なんとなく皆、自粛ムードだ。ことに、先月末に開催された学祭の後片づけ中に生徒間で揉《も》め事が起きた高等部では、その傾向が顕著だった。

「俺は夏休み二日目からクラブの合宿で、またいつもの連中と一緒だ」

「クラブって言えばさぁ、テニスクラブはこれからどうなるんだろうな。梨羽《なしは》先輩、性格はアレだったけど、テニスは強かったのに、もったいないよなぁ……」

「おいっ！　馬鹿。シッ！」

「仁礼《にれ》先輩だ」

お喋《しゃべ》りに夢中だった高等部一年の後輩たちは、たった今、雅純《まさずみ》が少し後ろにいることに気がついた様子だが、雅純の耳には先ほどから彼らの話が聞こえていた。

「こ、こんにちは」

三人は動揺を隠しきれぬまま立ち止まって廊下の端に避《よ》けると、深々と頭を下げて挨拶してきた。

「……お疲れ様」

雅純はいつものとおり、真《ま》っ直《す》ぐ前を向いたまま三人の目の前を歩いていく。

雅純が通り過ぎると同時に背後でふーっと息を吐く音が聞こえた。緊張のあまり呼吸を止めてしゃちほこばっていたようだ。

べつに、僕は気にしていないのに。

雅純は事件以来学内に充満している、腫れ物にでも触るような気の遣われ方にいい加減辟易《へきえき》していた。

前から常々誰にも気を許せず、取り巻きや崇拝者は大勢いても、本当の意味での友人は一人もおらず、密《ひそ》かに孤独を噛《か》みしめて生きてきたが、今の状況はそれともまた違い、落ち着かなくて息苦しい。

二週間あまり前、寮で起きた事件は、表向きは梨羽尊志《たかし》が以前から目の仇《かたき》にしていた雅純の部屋に仲間と共に押し入り、暴行を加えようとして舎監と用務員に取り押さえられた、ということになっている。雅純が実はオメガだという点は伏せられ、単なる暴行未遂事件として処理された。

事件は瞬く間に学院中に知れ渡り、首謀者の梨羽尊志は七月初めに自主退学した。噂《うわさ》ではどこか遠く離れた都市にある普通高校に転校したらしい。

梨羽に従って事件に関わった豊永《とよなが》と仲森《なかもり》には、素行不良を理由に一週間の停学処分が下されたが、二人とも処分が解けても授業に出てこないまま数日が経《た》つ。学院は数日後には夏季休暇に入るが、おそらく二人は休暇が明けても姿を見せないだろうと皆密かに予測している感があった。

だが、仁礼伯爵家の次男、美貌で有名な雅純に対する暴行とは強姦《ごうかん》のことでは、という憶測がどこからともなく広まった。誰かがまことしやかに言い出して、それを皆、やっぱりという気持ちで受け止め、勝手に納得したらしい。事実そのとおりなだけに、教師たちも噂が広まるのを抑えようがなかったようだ。

強姦未遂事件は学院始まって以来の醜聞だ。

学院内になんとも言い難い微妙な空気が立ちこめた。

おまけに、用務員として学院に勤めていた三宅祥久《みやけよしひさ》が、実は名門貴族藤堂《とうどう》侯爵家と縁のある人物だったとわかり、これまた上を下への騒ぎになった。

その祥久が雅純を助けたとなれば、梨羽たちは侯爵家を敵に回したも同然で、三人が、ひいては三家が震え上がったのも無理はない。

侯爵の遠縁にあたり、将来は当主を陰になり日向《ひなた》になりして支える秘書となる嘉瀬真路《かせまさみち》の計らいで、雅純は事件直後、祥久と共に学院を離れた。療養が必要という名目のもと特別措置で二日間侯爵家所有の別邸で過ごし、祥久に助けられてヒート期を乗り越えたのだ。

三日後、雅純がクラスに戻ってみると、学友たちはこぞって雅純の心身を心配してくれた。

こんな事件が起こっても、なお雅純は家族や侯爵家の力に守られて、オメガであることを隠し通している。

それがもう、さすがに辛《つら》くなってきた。

祥久と番《つがい》の契約を結んだ以上、遅かれ早かれオメガであることは公表しなくてはいけない。おそらく八月のうちに社交界でまず祥久が侯爵家の正式な跡取りだと披露され、その際、同時に雅純との婚約も発表されるだろう。

とりあえず婚約したことを世間に知らせ、雅純の高校卒業を待って、正式に結婚する。

つまり、休暇明けには学院内にも雅純がオメガだということが伝わるのだ。

正直、雅純はまだそれに対する心の準備ができていない。

ずっとベータだと周囲に信じさせてきたし、オメガではないかと疑ったり揶揄《やゆ》したりする者には、冷ややかで高慢な態度を取ってきた。

今度その行為のツケが回ってくるのではないかと思うと憂鬱になる。

自業自得なので、嘘《うそ》つきと誹《そし》られるのは仕方がない。覚悟する。

けれど、せめてオメガ同士の会話ができる同種の人間が一人でもいれば、どんなにか心強いだろうと思わずにはいられない。

学院内にはいないとわかっている。もしいるなら、協力者である学長か校医がこっそり教えてくれたはずだ。そして、引き合わせてくれただろう。

男のオメガはとても少ない。希少中の希少だ。この、主に名家の子弟が集まる中高一貫の男子校に二人いる確率は低くて当たり前だった。なぜかオメガは上流階級にはめったに生まれないのだ。

その後しばらくして、祥久が侯爵家の跡継ぎとして社交界に正式にお披露目されるのは来月中旬に決まった、と真路から知らされた。

雅純がオメガであることもその日に公になる。

二学期が始まれば、今度こそ学院はこの話題で持ちきりになるだろう。

七月半ば過ぎ、雅純にとって学生時代最後になるはずの長い夏の休暇が始まった。

1

雅純の生家である仁礼伯爵家は、宮家のお膝元たる首都中心部に居を構えており、そこが本邸になるのだが、夏の間は毎年高原の避暑地に所有する別荘で過ごす習わしになっている。最寄り駅まで列車で行き迎えの車に乗り換えた雅純は、慣れ親しんだ長閑《のどか》な風景を車窓から眺めつつ、こうして一人でここに来るのはこれが最後かもしれないと思って感慨深い気持ちになった。

家族の待つ別荘に赴くことに不安などあろうはずもないが、なんとなく落ち着かないのは、番の相手ができたからだ。ヒートを薬で抑えるのではなく、アルファの男に身を委ねるようになったことを家族にどう思われているのか考えると、なんとなく気まずくて面映《おもは》ゆい。むろん、皆祝福してくれているのは承知しているが、そうなってから顔を合わせるのは今日が初めてで、緊張する。

せめて祥久が一緒なら心強かったのだが、祥久は現在、侯爵家で跡継ぎとして備えておかねばならない知識や作法を学んでいる最中だ。学祭後にヒートを鎮めてもらったときを最後に会えておらず、次に顔を合わせるのは内々での婚約式が執り行われる日になる。両家が集まる場で結納を交わすのだ。それが五日後に控えている。

この日取りは恥ずかしながら雅純のヒートの周期に合わせて決められた。普通そこは避けるものなのでは、と雅純はたじろいで、できれば変更してほしいと意見したのだが、番の相手がいる以上、無闇に薬で抑えるのは体調にもよろしくない、と伯爵家の主治医の見解は覆らず、仕方なくそういうことになった。婚約式は家族間でのプライベートなもので、いざ困ったことが起きても誰に遠慮する必要もない、と言うのだ。これが来月行われる社交界でのお披露目なら話は別で、そこはヒート期に当てないように日取りを決めたが、婚約式の夜は、せっかく祥久が傍《そば》にいるのだから、仲睦《なかむつ》まじくすべきだと反対に窘《たしな》められ、ぐうの音も出なかった。

式後は祥久にまた助けてもらうことになる。

祥久とそうなること自体は嬉《うれ》しいが、やはり、申し訳なさもある。

オメガというのはつくづく不自由な性だ。雅純は幸運にも一生を任せてもいいと思える相手と出会えたから不自由さの中にも喜びを見出《みいだ》せるが、そうでなかったなら生きづらくて人生を悲観するばかりだったかもしれない。

つらつらと考え事をしているうちに別荘の屋根が木々の隙間に見えてきた。

四方を森に囲まれた三階建ての建造物は別荘と言うより城だ。敷地面積の広さ、建物の規模、いずれも人口が密集していて土地に限りがある首都の本邸とは比べものにならない。毎年六月の頭から九月末までの四ヶ月間はこちらが伯爵家の主邸になる。首都の本邸には最低限の使用人を残して管理を任せ、それも交代制にして、それ以外の者は全員こちらに来ている。森一帯は伯爵家所有の土地で他に家はないが、高原を中心とした町全体が有名な別荘地で、貴族をはじめとする数々の名家の別邸があり、夏の社交場として知られていた。

門扉を潜《くぐ》り、車で数分走ると、視界が開ける。広大な芝生敷きの前庭と、時を重ねた洋館の全景が現れる。

前庭の中央に設けられた巨大な噴水を回り込むようにして正面玄関前の車寄せに着く。先頭を切って石段を下り、雅純を迎えてくれたのは兄の高範《たかのり》だ。

「お帰り、雅純」

「兄さん」

大学生の高範は七月初旬には夏季休暇に入っており、ここには数日前から来ているらしい。

「体調は？　疲れてないか」

「問題ありません。荷物は粗方先に送ったので、ほぼ身一つでの移動でしたし」

「ああ。今朝届いて、おまえの部屋に運び込んでもらっておいた。荷解《にほど》きはあとで手伝おう。まずは父上と母上に到着の報告を。お二人とも首を長くしてお待ちかねだ」

「……はい」

照れくさく感じているのが一瞬の躊躇《ためら》いに表れていたようで、高範は少し意外そうに眉を上げ、それから雅純を勇気づけるようにふわりと微笑する。

「おまえはいつもどおりにしていればいい。私たちは祝福ムードで、まぁ、少々昂揚《こうよう》しているきらいがあるが、気にするな」

「そうしたいと自分でも思うのですが」

雅純はそこでまた祥久との淫らで熱い交歓を頭に浮かべ、羞恥に頬を火照らせ俯《うつむ》いた。湿った粘膜同士を接合させ、擦りつけ合って昇り詰め、歓喜に打ち震えたときの悦楽を思い出すたびに、目も耳も塞いでどこかに隠れてしまいたくなる。歳《とし》の近い兄はともかく、両親にはどんな顔をして会えばいいのか本気でわからず、悩ましかった。

高範は雅純が何を羞《は》じらっているのかすぐ察し、背中をポンと撫《な》でるように叩《たた》いて言う。

「何も特別なことではない。誰でもしていることだ」

「兄さんも？」

おそるおそる聞くと、高範は面白そうな目で雅純を見る。

「してないと思っていたのか」

逆に聞き返されて、雅純は、兄はずっと前から経験していて、それでもなんら態度に出すことなく両親や雅純の前で自然に振る舞っていたのか、と今さらながら気がついた。自分もそれでいいのだと、にわかに気持ちが軽くなる。

「今まであまりそういうことは考えなかったので。でも、そんなわけないですよね」

「あいにく私はおまえほど品行方正ではなかったから、同窓生の中でもかなり早熟なほうだったようだ」

さらっと色めいた暴露話をして、高範は雅純を「行こう」と促す。

伯爵夫妻は中庭に面したテラスで午後のお茶を楽しんでいるところだった。居間からフランス窓を通って両親のいるテーブルに近づいていく。二人は満面の笑みで雅純を迎えてくれた。

「来たか、雅純。これで家族全員揃《そろ》ったな。学祭には顔を出せなくて悪かった」

「お帰りなさい。元気そうで安心したわ」

二人と代わる代わる抱擁を交わし、頬にキスし合う。母親には子供の頃と同じように頭を撫でられた。これまでと何一つ変わらない態度で迎えられますます安堵《あんど》する。考えてみれば当たり前の話だ。一人勝手に、もう今までとは違うと思って身構えすぎていたようだ。

あらためて四人でテーブルを囲み、紅茶をいただきながら、ごく自然に祥久とのことを「おめでとう」と祝われる。それは、全寮制の中高一貫名門校に合格し、晴れて入学が決まったときや、ヴァイオリンのコンクールで一位入賞を果たしたときと同じ調子で、恥ずかしがらなくてはいけない雰囲気ではまったくなかった。

「今、社交界は藤堂侯爵が跡継ぎを正式に定める話で持ちきりだ。侯爵は若い頃はしばしば浮名を流しておられたようだが、三十過ぎて結婚されてからは夫人一筋で、おしどり夫婦で有名だった。お二人の間にはお嬢さんが一人いらしたが、一昨年お気の毒に病気でお亡くなりになり、夫人まで体調を崩されてご療養中だ。遠縁にアルファの男子がいるので、そちらを養子にするのではないかともっぱらの噂だったが、蓋を開けてみれば、結婚前によそに作っていた実子があったとはね。しかもその彼もまたアルファで、きみと番になるとは」

「私たちはこれ以上ない良縁だと思っているのだけど、あなたも無理はしていないわよね？」

実年齢よりうんと若く見える美しい母に気遣うように確かめられる。雅純にしてみれば思いもよらない質問で、そんなふうに心配されていたのかと驚いた。

「向こうから強引に……とかではもちろんなく、こうなったのはお互い合意の上です」

少しでも祥久を悪く思われたくない気持ちが働いて、雅純ははにかみたいのを堪《こら》えてきっぱりと答えた。

「きみも彼のことが好きなんだね？」

父にも念を押される。

雅純は睫毛《まつげ》をそよがせ、「はい」と返事をする。二人とも雅純の意思を何より尊重したいと考えてくれているのが身に沁みて感じられ、ありがたかった。オメガの人権はしばしば軽んじられることが多く、だからこそこれまで雅純は堅く結束した周囲の人々に護《まも》られてオメガだという事実を伏せて生きてきたのだが、オメガの中でも自分は間違いなく恵まれていると実感する。適当なアルファを見繕われて婚姻を無理強いされるどころか、相手がこれ以上望めないほど理想的だとわかっていてもなお、家の都合で決めるのではなく雅純の気持ちを大事にしようとしてくれる。

「そうか。であれば予定どおり来月半ばに侯爵家で催されるお披露目の席で、きみのことも発表してかまわないかな」

これまでベータだとしてきた雅純が実はオメガで、アルファの藤堂祥久と婚約したことを明らかにするのだ。社交界はもとより、世間にも知れ渡ることになる。

正直、周りの反応は気にかかる。手のひらを返したように冷たい目で見られるのではないかとか、今まで騙《だま》されていたのかと不快になる者もいるのではなどと考えだすと、いくらでも不安が湧いてくる。けれど、これは雅純が乗り越えなくてはならない壁だ。今回訂正しなかったとしても、果たして生涯ベータだと偽り通せたかどうか怪しく、それはそれでずっと怯《おび》えて暮らさなければならなかった可能性もある。番相手を得た状況でオメガだと明かすのは考えられる限り最良のタイミングだろう。祥久が雅純を番として認めているうちは、誰も雅純に手出しできない。ましてや祥久は、宮家を支える貴族階級の中でも、最上位かつ唯一たる侯爵家の次期当主だ。同列に並ぶ家格の者はいない。元々の生まれは一般家庭で、学院では一職員として地道に働いていた祥久が、父の求めに応じて侯爵家に入る決意をしたのは、他でもない雅純をより強固に護るためだ。祥久本人の口からその思いを聞いたとき、雅純は涙が零《こぼ》れそうだった。

贅沢《ぜいたく》を言えば、身近にオメガの知り合いがいれば心強い気がするのだが、オメガというのはそもそも希少種だ。人口に対する比率は僅か三パーセントほどで、その多くがいわゆる下層階級の出自だと言われている。雅純のような例は極めて珍しく、己が身を置く世界に同種の人間を見出すことすら難しい。そのため常に孤独で、家族と事情を知る僅かな協力者以外の前では気を張り詰めさせて生きてきた。お高く止まっている、鼻持ちならない、と雅純の態度を非難し、嫌う者も当然いるが、バレることのほうが恐ろしかった。

お披露目を機に隠し事からは解放されるが、今度はオメガとして珍しがられ、特別視され、好奇のまなざしを四六時中浴びせられるのだろう。

ヒートのたびに祥久に抱かれていれば、いずれ孕《はら》んで子供を産むことにもなるに違いない。妊娠にしろ出産にしろ未知のことばかりで、実際にそうなったときのことを想像すると怖くてたまらない。相談できそうなのは主治医と母くらいだ。けれど、母はベータの女性だし、主治医は同じくベータの男性だ。男性体のオメガのそうした事情にどこまで通じているのかわからない。経験者の話を聞けないのはいざというとき心許《こころもと》なさそうだ。

気の置けない家族とテーブルを囲んでお茶を飲み、談笑し合っていても、雅純の不安は払拭されず、根本的な孤独感は心の奥底で燻《くすぶ》り続けている。これ以上あたたかく頼りがいのある家族はいない、自分は恵まれていると思えるのに、一人だけ皆とは違う生きものだという意識が消えず、疎外されてもいないのにそうした気持ちに勝手になってしまう。

「まずは二十五日の婚約式をつつがなく終わらせることだ。今ちょうどヒート前で心も体も不安定になりやすい時期だろう。あれこれ考え込まず、体がきつければ無理をせず、誰にも気兼ねはいらないからゆっくりと過ごすといい」

「高範の言うとおりだ。準備はこちらで万端に調えるから、きみは体調管理に気をつけ、心を落ち着かせて臨むことだけ考えろ。念のため乗馬は控えてもらいたいが、プールで泳いだりテニスをしたり読書をしたり、他にもできることはいくらでもあるだろう」

「明日の午前中、お披露目会用の衣裳の採寸だけは付き合ってね。春の園遊会に出席したとき燕尾服《えんびふく》を新調したでしょう、あなたあれから背が伸びたりしたかしら」

「いいえ。変わってません」

「少し痩せたかな」

母の問いに首を横に振って答えると、高範が雅純の上半身をとっくりと見て口を挟む。

確かに体重は、六月末に開催された学祭で会ったときより一キロ落ちている。だが、自分でも多少体が軽くなったかなと感じる程度だ。相変わらず鋭い観察眼だと舌を巻く。高範には何も隠せないし、ごまかしも強がりも通用しない。昔からそうだった。そんな兄に見守られているのだと思うと心強い。甘えすぎではないかと申し訳なく感じるくらいだ。

風がそよと吹いてきて、長めにしている前髪が揺れる。目にかかりそうになった髪を指で掻《か》き上げて後ろに流すと、母が美しく微笑《ほほえ》んで「少しだけ切ったほうがすっきりするかもね」と言った。どんな場合でも強制する言い方はしない。

「そうですね」

このくらい長いほうが落ち着くと思いながらも、素直に母の言葉に耳を貸す気になるのは、相手の心遣いがありがたく、あっさり我を通すのが躊躇われるからだ。

優しくて理解のある家族に囲まれて何不自由なく育ち、これからの人生を託す伴侶もまた真面目で誠実、分別も勇気も兼ね備えた、申し分ない男だ。

迷う必要などどこにもないし、もちろん雅純は迷ってなどいない。

それでもなお、どこかにきっといるはずのオメガ性の人に一度会ってみたい、話してみたい気持ちが失《う》せないのは、雅純がオメガとしてあまりにも自分自身のことを知らなすぎるせいだ。たぶん今は、数日後に大切な儀式が控えていて、精神的に負荷がかかっている状態だから、よけい感傷的な気分になりやすいのだろう。

式当日には祥久に久しぶりに会えることだけ考え、最良の状態でその日を迎えられるよう心身を保つのが雅純の務めだ。両親や兄に勧められたようにリラックスして過ごそうと思う。

「そういえば……」

ふと気になって雅純は高範に尋ねた。

「毎年何人かいらっしゃるご学友は、今年はいつ見えられるのですか」

「ああ、そのことだが。本当は今年は断ろうかと考えていたんだが、例年のことで春頃からいろいろと計画を立てている者もいたので、八月に入ってから十日ほど滞在してもらうことにした。今回は新しい友人も一人呼んである。もしかするとおまえと気が合うかもしれない。落ち着いた雰囲気の、物静かなやつだよ」

「そうですか。もちろん僕は兄さんのご学友がいらしても全然かまいません。いつもどおりでいいんです」

「おまえはたぶんそう言うだろうと思った」

婚約式は家族間だけで行う行事なので、お披露目前ならば雅純がオメガだということはまだ公になっていない段階だ。それならよけい例年どおりのほうがいい。本邸以上に広く大きなこの別邸に、家族四人と使用人たちだけというのは少々寂しい。高範がここに招く友人は、高範の眼鏡に適《かな》った聡明《そうめい》な人格者ばかりなので、若干人見知りする傾向のある雅純とも近すぎず遠からずといった距離感でお互い負担なく過ごせる。毎年のことなので雅純も慣れていた。彼らならば、万一どこからか雅純のことを洩《も》れ聞いていたとしても、素知らぬ振りをして触れずにいてくれるだろう。雅純は何も心配していなかった。

サンドイッチ数切れとスコーン一つをいただき、紅茶を二杯飲んで、雅純は先にテーブルを離れた。

「部屋で荷物を片づけて、晩餐《ばんさん》まで一休みします」

「それがいい。八時にあらためて会おう」

午後のお茶の時間をたっぷりとった日は、夕食を遅めにするのが仁礼家の習わしだ。

「手伝おうか」

父に続いて声を掛けてきた高範が、今にも椅子を引いて立とうとする素振りを見せたが、「いえ」と雅純はすかさず止めた。

「一人で大丈夫です。すぐ済みますから」

荷解きをするついでにしばらく一人になりたいのが本音だった。移動の疲れも出てき始めていて、兄と一緒にいてもあまり喋る気になれなそうだったので、それではせっかく来てもらっても申し訳ないと思った。

雅純の気持ちを察したのか、高範は「そうか」とあっさり引きさがる。厚意を無碍《むげ》にしたようなきまりの悪さを雅純に感じさせない、スマートな振る舞いだ。

「またあとでね、雅純さん」

雅純はテーブルに残った三人をぐるりと見渡して会釈すると、テラスから屋内に戻り、三階にある二間続きの自室に向かった。

＊

帰省してからの数日間、できるだけ普段と変わらず過ごせるようにと家族が心を砕いてくれたおかげで、雅純は穏やかな心地で婚約式当日を迎えることができた。

藤堂侯爵家側の参列者は、祥久当人を除けば父親の侯爵だけで、午前十時から執り行われる式の二時間前には「到着なさいました」との報を受けた。

そのとき雅純は沐浴《もくよく》の最中で、体温と同じくらいのぬるま湯で髪と体を洗い清めているところだった。祥久と顔を合わせるのは式の直前で、式場となる客間に入ってからだ。その瞬間を想像するとにわかに緊張してくる。すべてが初めて経験することばかりで、これから何が起こるのか、自分がどうなるのかわからず、早く祥久に会いたい気持ちが強くなる。祥久が傍にいてくれさえしたら、きっと雅純は落ち着ける。一人ではなく二人だと思えるのは大きい。なにより祥久は頼もしくて、雅純が身も心も委ねられる唯一の相手だ。

湯から上がった雅純は、着付けの手伝いをするために待機していた男性の使用人二人に、儀式用の装束を纏《まと》わせてもらった。来月のお披露目会はいわゆるパーティーなので燕尾服で出席するが、今日の婚約式は貴族同士が婚姻する際の作法に則《のっと》り、和装で臨む。

神職が神事を行うとき身につける浄衣に似た衣裳で、純白の絹を狩衣《かりぎぬ》に仕立てた特別な衣裳だ。生地には文様は入っておらず、家紋も入れない。

どちらか一方の自宅でしめやかに行われる、家族だけが参列する内輪の式だが、貴族家にとっては結婚式や披露宴よりも重要度の高い儀式だ。

白一色の衣裳に着替えた雅純は、客間の隣の控えの間にまず入る。

控えの間には誰もいない。そこで鈴の音の合図が聞こえてくるまで椅子に座って待つ。この時間が雅純は一番緊張した。

時計の類いはいっさいないので、どのくらい待たされたのかもわからなかった。実際にはおそらく十分以上ではなかったと思うが、途中から感覚が麻痺《まひ》したようになって、三十分近く一人で小部屋に座っていた気がする。

待ち兼ねた鈴の音がようやく鳴っても、それが想像していたよりも控えめで、シャラシャラとあまりにも雅《みやび》やかに響いたので、果たしてこれが本当に入室の合図なのか自信が持てず、客間に続く両開きの扉を開けていいのかどうか迷った。

勇気を出して片側のノブを動かすと、客間側から左右同時に扉がゆっくり開かれ、室内の中央に集った人々が一斉にこちらに顔を向けているのが目に入る。

正面には緋毛氈《ひもうせん》を敷いた祭壇が設けられ、そこに侯爵家から贈られた結納の品々が飾ってあった。伯爵家側からの結納返しは脇に用意されている。普段置かれている安楽椅子やカウチ、ローテーブルなどの家具類は別の部屋に移動させたらしく、代わりに肘掛けのない綺麗《きれい》な布張りの椅子が持ち込まれている。

祭壇に向かって右手に侯爵と祥久が、左手に伯爵夫妻が座っている。兄弟姉妹は列席しないため、高範の姿はなかった。前からわかっていたことだが、慣習とはいえ家族の中で兄だけいないと寂しく感じるのは否めない。だが、そんなちょっと感傷的になりかけた気持ちも、祥久と視線を合わせた途端、消し飛んだ。

椅子を立った祥久が扉の近くまで雅純を迎えにくる。

同じく全身白い絹の狩衣姿だ。作業着の祥久を見慣れすぎていて新鮮だったが、考えてみれば祥久のほうも制服以外の格好をした雅純を見る機会はさほどなかったはずで、眩《まぶ》しげに細められた目で見つめられて照れくさかった。

顔を合わせるのは二十日ぶりくらいだろうか。雅純に番になってくれるかと求愛したあとすぐ、祥久は用務員の仕事を辞めて侯爵の許に行った。異例の電撃退職だったが、侯爵家が絡むだけに学院側も、よもやご子息だったとはと恐縮し、辞職願をすんなり受理したようだ。以来、祥久は侯爵家で跡継ぎ教育を受けており、今日まで会う機会がなかった。

自分より十センチ以上上背のある祥久を見上げ、雅純はトクリと心臓を弾ませた。

前にも増して精悍《せいかん》な顔つきになったようだ。理知的で落ち着き払った印象は最初に見掛けたときから受けていたが、そこに強い意志と自負心が加味された気がする。守るべきものを得て一皮剝《む》けた人間の顔だと思った。守られる側にいるオメガとしての本能が疼《うず》く。祥久に「きみは俺のものだ」と言われ、ゾクゾクするほど嬉しくて昂揚したが、雅純もまた、この人は僕のものだと強い所有欲、独占欲を自分が持っていることに気がついた。

差し伸べられた手に、己の手を預ける。

大きな手で細い指をぎゅっと握り込まれ、両家の家族が見ている前にもかかわらず、あえかな声を洩らして逞《たくま》しい胸に縋《すが》りつきそうになった。

さっきまでは汗一つ掻かずにさらっとしていた狩衣の下の肌が、祥久に近づき、手に触れら

れただけで、火をつけられたかのごとく火照りだす。

下腹部を痺《しび》れるような淫靡《いんび》な感覚が襲い、雅純は頬を上気させて俯き、歯を食い縛ってやり過ごそうと努めた。早ければ今日、遅くとも明後日までにはヒートを迎えるであろうことは承知していたし、婚約式の日取りはそれを前提に決められたのだが、早くもヒートの前兆が現れたのだと自覚する。

祥久も察したようだ。ヒートのときに雅純が振りまく匂いは祥久を抗《あらが》いがたく昂奮させ、肉欲を駆り立てる。祥久は一瞬困ったように目を見開いたが、すぐに式の間は耐えると忍耐を強くしたらしく、雅純に向かって、心配ない、というように頼りがいのある笑みを向けてきた。

祥久が傍にいてくれたら雅純も強くなれる。何も怖くない、二人でならどんなことも乗り越えられる、そんな気持ちになれた。なにより、この場にいるのは全員二人の味方で理解者だ。だからこそ逆に、しっかりしたところを見せて安心させてあげなくては、という責任感も出てきて、身が引き締まった。

二人で並んで祭壇の前に歩み寄る。

進行役の藤堂侯爵が立ち上がり、本日はお日柄もよく……と古来から言い継がれてきたお決まりの口上を述べる。

厳《おごそ》かだが、親愛とゆとりに満ちた和やかな雰囲気の中、婚約式が始まった。

＊

式そのものは三十分ほどで終了し、その後は宴会になる。

夜まで天候が崩れる心配はなさそうだったので、手入れの行き届いた芝生が広がる主庭にテントを張ってガーデンテーブルを出し、ブッフェ形式のホームパーティーが催された。

雅純と祥久は狩衣を脱いで洋装に着替えるため、いったん別々の部屋に引き下がり、皆より三、四十分遅れて酒宴に赴いた。

貴族の生活様式は基本的には西欧風だ。儀式の時だけ古来から伝わる伝統に則って神事めいた行事を行うので、非日常感が半端ではなく、粗相があっては大変と畏れ多い気持ちになる。婚約式をつつがなく終えた時点で、雅純は大役を果たせた気になり、心の底からホッとした。

ガーデンパーティーは雅純にとってはおまけのようなものだが、式に参列しなかった高範とはきちんと顔を合わせて挨拶しておきたかった。

「おめでとう」

夏らしいペールグレーのデザインスーツを着てカンカン帽を粋に被《かぶ》った高範は、濃い色のついたサングラスを外して雅純を見据え、自分のことのように嬉しそうに祝福する。傍らに寄り添った祥久にも「雅純をよろしくお願いします」と礼儀正しく頭を下げた。

雅純からすると三歳年上の兄は、常に自分とは比べものにならないほどしっかりしていて、大人びた印象だったのだが、祥久と向き合ったところを見ると、実はそれほど自分と差はないことに気がつく。にもかかわらず、手の届かない存在だと憧れずにはいられないほどすごい人だったのだと、あらためて感嘆した。

二十五歳の祥久の目に、まだ十七の雅純は幼く見えて、ときには物足りなく思えるのではないか。そんなことまで考えて、一瞬不安になった。祥久に飽きられたくない。どうしたら兄のように魅力のある人間になれるのか、自分なりに考えて努力しなければと焦りに近い感情が芽生える。いつまでも世間知らずではいられないと危機感を持って思った。

「なんでも先に経験してきたつもりだが、結婚はおまえのほうが早かったな。なんとなくそんな予感はしていたよ」

「僕は一生独り身だと思っていたので、彼と出会ってからの出来事が怒濤《どとう》に押し流されているみたいで、まだ少し現実味がありません」

喜びと感謝が大きすぎて、これは本当は夢なのではないかと内心ビクビクしていた。婚約式を無事すませて、その感覚がようやく薄れてきたところだ。

「おまえがそう考えて不安そうだったのは私にも察せられていた。早くいい相手が見つかればいいとずっと願っていたが、私がお節介を焼くまでもなくおまえは自分で最高の相手とめぐり逢《あ》った。本当に、心からおめでとうと何度でも言いたい」

「雅純を一生大事にします」

祥久は雅純の肩を抱き、高範に誓ってくれた。

迷いのない毅然《きぜん》とした横顔を見上げた雅純は、動悸《どうき》が鎮まらなくなって困った。祥久に支えられていないと立っていられなくなりそうだ。

「ん？　……少し兆しているようだが、あなたは大丈夫ですか」

アルファだけあって高範は雅純の振りまく匂いに敏感だ。血の繋《つな》がりが濃いため高範自身は影響を受けないはずだが、それでもそそられると言われたことがある。

「ええ。まぁ、なんとか」

「もしかして式のときから？」

よく平静を装えましたね、と高範が目を瞠《みは》る。

「そういうことでしたら、無理に宴会に付き合う必要はありませんよ。部屋に引き取っていただいても、誰も文句は言いません」

一度籠もると、ヒートが抜けるまで二、三日はベッドを下りられない状態になるとわかっているだけに雅純は躊躇ったが、祥久とあらためて顔を見合わせた途端、下腹部のあたりから欲情が突き上げるように噴出し、あっという間に全身が熱くなって、視界が歪《ゆが》んで揺らぐほど頭がぼうっとしてきた。

それに気づいた祥久が、肩に回していた腕を腰に下げて引き寄せ、抱き支えてくれる。

「やはり失礼したほうがよさそうです」

「このますぐ部屋に向かわれたほうがいい。雅純も辛そうだ。あちらでご歓談中の侯爵たちには私から事情を話しておきます」

「申し訳ないですが、よろしくお願いします」

立場も年齢も祥久のほうが上だが、雅純の兄は祥久にとっても義兄になるため、今はまだ双方共に遠慮し合っていて幾分ぎこちない。これから交流を重ねていくにつれ、二人がどんなふうに接するようになるのかにわかには想像がつかないが、おそらく、理解し合っていい関係を築くのではないかと雅純は期待している。高範も祥久も、人間的に優れていて情に厚く、礼儀正しいので、たとえ気が合わないとわかったとしても相手を尊重してうまく折り合いを付けるだろう。逆に二人が意気投合したところを想像すると、嬉しくて頰が緩んでくる。実の弟であり、番の相手である雅純が、入る隙間がない、とやきもきしなければいけなくなるほど二人が親密になったらどうしようと、そちらの心配もしていた。

「歩けるか」

「はい」

まだ意識はしっかりしているが、一度上がった熱は引く気配をみせず、徐々に息が荒くなってきた。陽光の下で映える清楚《せいそ》な白地のデザインスーツにラベンダー色のフリルシャツを合わせているのだが、汗がひどくて薄地のシャツが肌に張り付いてしまっている。雅純自身も気持ちが悪かった。

雅純を支えて歩く祥久も、顔や態度にはなるべく出さないようにしているが、雅純の放つ誘惑の匂いに抗って理性を保ち続けるのは相当な自制心を要しているはずだ。

「ごめん……僕としては明日じゃないかと思っていたんだけど」

「きみが謝ることじゃない」

ホルモンの分泌は精神状態に大きく影響を受けるとされている。若いときは特に安定しないことが多く、周期はいちおうの目安でしかない。今日のような特別なことがあれば、昂奮が高まって体に変化を及ぼしてもまったく不思議はなかった。

「今夜はゆっくり、落ち着いて話ができるかと思ったのに」

二階に用意された二人で過ごす寝室に行くため、緩やかな段差の大階段を上りながら雅純が残念がると、祥久はフッと気恥ずかしげに微笑んだ。その表情と、祥久の全身から醸し出ている色香の濃厚さに、雅純は酔い痴《し》れそうになる。

「今はまだきみのほうが余裕があるようだ。俺はもう……ギリギリなんだ、実は」

全然そんなふうには見えないが、傍にいるだけであてられて目眩《めまい》を起こしそうなほどの艶っぽさを感じること自体、祥久が昂《たかぶ》り欲情している何よりのしるしだ。

「部屋に入って二人きりになったら、獣に豹変《ひょうへん》するかもしれない。悪いが先に謝っておく」

「……煽《あお》っているのは、僕だから。気にしないで。これは生理現象だよ」

「ああ。きみのヒートがピークに達する前に俺が夢中になりすぎて精根尽きないように祈っていてくれ」

肝心なときに疲れて役に立たないような不様なことになったら面目ない、と祥久は真面目な顔をして言う。杞憂《きゆう》だと雅純は言ってやりたかったが、いささかはしたなすぎる気がして、こくりと頷《うなず》くだけにした。

アルファの性欲の強さはベータの比ではないと言われている。雅純は祥久しか知らないので比べることはできないが、確かに激しくて、何度も失神しては新たな刺激で引き戻され、挑まれる行為を二日半にわたってし通した。雅純が受け身にしかなれない特殊な体で、ヒート期間は抱かれて満たされること以外考えられなくなり、麻薬のような物質を脳内に分泌して貪欲に求め続けるから、求めに応じることが可能なのだ。アルファはベータを相手にするときはこうはならないらしい。ごく普通に性生活を営むだけだという。また、アルファは自分と同じアルファにはまったく性欲を感じないそうだ。オメガはと言えば、二十八日周期で訪れるヒートはあっても、それ以外のときには基本的に性欲を持たない種だ。アルファとオメガの関係だけを「番」と言うのも両者の性質を考えると納得がいく。

二階には客用の寝室が十数部屋あり、中でも最も広く、家具調度品にも凝った東南の角部屋が、今回雅純と祥久のために用意されていた。

部屋に入るとまず、こぢんまりとしていながらも居心地のいい居間があり、壁で仕切られた奥がキングサイズのベッドが置かれた寝室になっている。ベッドの四隅には支柱があり、透けた薄いレース地と、ゴブラン織りの美麗な布を掛けた天蓋に覆われている。

糊《のり》の効いた純白のシーツがロマンチックなアート作品のように折り畳まれてデコレートされており、二つ並んだ枕の上には淡いピンク色の花弁を持つ花が飾ってあった。サイドチェストの上には氷水の入った水差しとグラスが二つ。氷はたった今用意されたばかりのように大きなままだ。誰がどんなことを考えながらこの部屋を準備したのかと思うと、顔から火が出そうなくらい恥ずかしくなる。

「軽く体を流してきていい？」

祥久を焦らすつもりは毛頭なかったし、雅純自身、体の火照りと疼《うず》きが急激に増してきて耐えがたくなりつつあったので、祥久がこのままでいいと言うなら今すぐベッドに上がるのはやぶさかでなかった。

「一緒にシャワーを浴びて少し熱を冷まそうか」

「水を浴びたくらいで落ち着く？」

雅純が冷やかすと、祥久はフッと蠱惑的《こわくてき》な笑みを口元に浮かべ、熱の籠もった目で雅純を見る。その表情とまなざしが色っぽすぎて、雅純は官能を揺さぶられてゾクリとした。ただ汗を流し合うだけではすみそうにない。不埒《ふらち》な予感が脳裡《のうり》を掠《かす》めたのと同時に股間がジィンと猥《みだ》りがわしく痺れ、すんでのところで声を抑えた。

祥久とは最初から、ベッドで一から手順を踏んで、というお行儀のいい関係の持ち方ではなかった。侯爵家の別邸に着くまで待ちきれず、走行中の車の中でしてしまった。今さら上品ぶる気はない。

「俺を鎮められるのはきみだけだ」

祥久の手が伸びてきて、形のいい指で紅潮した頬を撫でられる。

心地よい感触に雅純はうっとりと目を細め、薄く唇を開いて湿った息を洩らす。

ヤスリを掛けて綺麗に整えられた爪の先で耳の裏を擽《くすぐ》られ、そのまま首筋を辿《たど》ってフリルシャツの襟に触れてきて、共布のリボンをシュルッと解かれる。

艶《なま》めかしい衣擦れの音が理性の箍《たが》を外す合図だったかのごとく、雅純は欲望に火をつけられた。おとなしくされるに任せているのがもどかしくなり、自分からも祥久のスーツを脱がせにかかる。

ミディアムグレーのスリーピースに、青いストライプのシャツ、濃い茶色のソリッドタイ。ポケットに挿した鮮やかなオレンジ色のチーフが華やかな印象を与える。狩衣を着ているときは荘厳でストイックな感じを強く受けたが、昼間開かれるガーデンパーティー用の盛装は遊び心があって粋だ。この姿の祥久を見たときにも雅純はどうしようもなくときめいた。

ネクタイのノットを崩して襟から引き抜き、逞しい体に抱きつくように身を寄せ、上着を肩からずらして腕を抜かせる。祥久も協力的だった。雅純に脱がされる振りをしながら、自ら脱いでいく。雅純の体から服を剝いでいくことにも抜かりなく、気づけばシャツ一枚という有り様になっていた。

脱がせ合っている間にも、互いの体を撫でたりまさぐったりして気分を高めていたため、最後の衣服を脱ぎ落としたときには、理性や辛抱も一緒に捨て去った気分だった。

縺《もつ》れ合うようにしてバスルームに行く。

タイル敷きの二畳ほどのスペースに、トイレと小さな洗面台、猫脚のバスタブが据えてある。カランを捻《ひね》ってバスタブに湯を溜《た》める間、全裸で抱き合ってキスや愛撫《あいぶ》をたくさんした。

体を密着させると祥久の硬くなった性器が雅純の下腹をグイグイと押してくる。苦しそうなほど張り詰め、そそり立った雄蕊《ゆうずい》は凶器のようだ。長大で熱く、竿《さお》には筋が浮き出ていて、昂奮の強さが明らかだ。

僅かに腰を引き、汗ばんできた体を離して作った隙間に手を入れて、祥久の勃起に触る。そそり立ち、上向きになった亀頭に指を走らせると、祥久はくっ、と眉を寄せ、唇を噛んだ。目元が染まっているのが、日頃の禁欲的で真面目な姿からは想像できないほど色っぽい。

天辺《てっぺん》の小穴の縁はうっすらと湿っており、人差し指の腹で擽るように撫でると、引き締まった下腹部がビクビクと反応し、祥久の手が雅純の後頭部にかかり、胸板に引き寄せられた。

「たまらない」

官能に濡《ぬ》れたしっとりとした声で囁《ささや》くように告げられる。

色香に満ちた声に煽られ、雅純はますます大胆に指を動かした。

ガチガチに強張った太い陰茎を握り込み、ズリズリと薄皮を上下に扱《しご》きながら竿全体を刺激する。

頭上で祥久の呼吸が上がってきたのが、切羽詰まった息遣いからわかる。

髪に指を通され、頭皮を掻き交ぜられた。

乱れた息が髪にもかかり、熱っぽい感触に雅純もゾクゾクと身を震わせる。鍛え抜いた筋肉に覆われた裸の胸に頭を擦りつけ、あえかな声を洩らす。うっすらと汗を掻いた肌が、昂揚して上がった体温で温められ、性欲を高めさせる蠱惑的な匂いをいっそう濃厚に撒《ま》き散らしている。ヒートのオメガと遭遇したとき、アルファが発する媚薬《びやく》のようなものだ。

「あ……っ」

鼻腔《びこう》一杯に抗いがたい匂いを吸い込んで、雅純は艶めいた声を立てた。

体の奥が疼く。下腹部の弱みを直接揉みしだかれるような強烈な感覚に、じっとしていられず、はしたなく腰をくねらせる。身動《みじろ》ぎした拍子に、凝《しこ》っていやらしく尖《とが》り出していた乳首を祥久の胸に擦りつけてしまい、ひっ、と上げかけた悲鳴を飲み込んだ。

胸板に突っ伏していた顔を、顎に手を掛けて上向かされる。

祥久の顔がすぐ間近にあるのが目に入った直後、視界を塞がれていた。荒々しく唇が押しつけられてきて、熱情に浮かされたような余裕のなさで口を吸われる。

キスはすぐに口腔深くにまで舌を差し入れるディープなものになった。肉厚の舌で小さめの口を隅々まで蹂躙《じゅうりん》され、雅純は鼻で息をするのがやっとだった。感じやすい口蓋を舌先で擽られ、溜まった唾液を舐《な》め啜《すす》られ、舌を搦《から》め捕《と》られて吸い立てられる。

目眩がするほど淫靡なキスを続けながら、祥久の手は雅純の胸に伸ばされてきて、茱萸《ぐみ》のように赤らんでぷっくりと膨れた乳首を弄《いじ》りだす。

摘んでぐにぐにと揉まれ、磨《す》り潰され、引っ張ったり押し潰したりして嬲《なぶ》られる。そのたびに苛烈な刺激が頭の天辺から爪先まで駆け抜け、雅純は背筋を震わせ、膝をガクガクと揺らして悶《もだ》えた。

「ふっ……う、ううう……！」

喘《あえ》ぐたびに唇の端から溢《あふ》れた唾液が顎を伝って滴り落ちる。

たまたま、引っ張り上げられた乳首の上に降りかかり、腫れぼったくなった粒に塗《まぶ》すようにして濡らされたときには、感じすぎて啜り泣きし、祥久の腕に爪を立てた。

雅純が感じて乱れれば乱れるほど、アルファを誘って欲情させるフェロモンが濃厚になる。

それがどんなものなのか雅純自身はわからないのだが、体が熱を帯びて呼吸が忙《せわ》しなくなり、頭の芯が酩酊《めいてい》したようにぼうっとなって全身に滴るほどの汗を搔くので、きっと尋常でない匂いを振りまいているのだろうと思う。

舌の根が痺れるほどきつく、何度も絡め合った舌を解き、湿った息をかけ合う。

注ぎ初めは琺瑯《ほうろう》の浴槽を湯が叩く音がしていたが、水位が上がるにつれ湯を注ぐ音も静かになっていき、今すでに三分の一ほど溜まった状態になっていた。

「おいで」

先に浴槽を跨《また》いだ祥久に腕を引かれ、雅純も湯に脚を入れた。

朝、狩衣の衣裳を身につける前に沐浴をしたときよりは温かだが、入浴するにはぬるめの湯に腰まで浸《つ》かる。カランは開いたままで、祥久の背中を打つ形で湯が注がれ続けていた。

皆に祝福してもらって無事婚約式を済ませられたことにあらためて感謝と感動を覚え、狭い浴槽の中で向き合った祥久と視線を交わす。

「俺の相手はきみだけだ」

ほとんどのアルファは、番のオメガを繁殖用に囲った上で、ベータの伴侶を対外的に正式なパートナーにすることが多い。けれど、祥久は雅純に求婚した時点で、それはしないと誓ってくれていた。

「学院で働いていた二年間、ずっときみを見ていた。実のところ、可愛《かわい》い、綺麗だと遠目に見ているだけでドキドキしていたんだ。ひょっとするとオメガなんじゃないかと思ったのは、俺の心と体がかつてないほど騒いで鎮まらなかったからだ」

ぬるま湯を浴びて束の間《つかま》クールダウンしたのか、祥久は真摯で誠実な言葉で雅純に生涯の約束をする。

「侯爵の血を引いているとはいえ、俺はずっと母子家庭で一般人として育ってきた人間だ。母が生きていたら、きみのような高貴な人を番にするなど畏れ多いと震えたかもしれない」

「高貴もなにも関係ない。生まれはただの運だ。僕は僕で、あなたはあなた。それ以上でも以下でもない」

雅純はきっぱりと言って、体の奥深くで渦巻いている淫らな欲求を一刻も早くなんとかしてほしいと哀願する目で祥久を見た。湯の中で、雅純の股間もはしたなく勃起している。濃密なキスと乳首への愛撫だけで、今にも破裂しそうなほどいきり立ち、喘ぐように先端の小穴をヒクつかせている。先走りの淫液がとぷっと零れるたびに悦楽のさざ波が下腹部を妖しく痺れさせ、思わず腰を揺すりそうになる。ツンと尖ったままの乳首もいかにも物欲しげだ。だが、どこより雅純を甘く苦しめるのは、後孔の貪婪《どんらん》な疼きだった。ヒート状態でアルファとこうして身を寄せ合うと、後孔は性器になる。アルファの猛《たけ》った雄蘂を受け入れやすいよう、内側から濡れてきて、襞《ひだ》まで潤い、昂奮すればするほど洪水を起こしたように溢れてくる。羞恥の極みだが、抱かれているうちにだんだん何も考えられなくなってきて、もっと、と求め続けるばかりになる。

祥久に肩を引き寄せられて、雅純は湯の中を移動した。

天を衝く勢いで立ち上がった祥久の股間におののきと期待と欲情を湧かせつつ、筋肉質の太《ふと》腿《もも》を跨いで尻を乗せ、抱きつく。

雅純を膝の上に座らせると、祥久はカランを閉めて湯を止めた。

水音が途絶え、静かになる。息遣いや口を衝いて出る声を紛らしてくれるものがなくなり、ちょっと照れくさい。今さらだとは思うが耳朶《じだ》がじわりと赤らむのがわかった。祥久が愛《いと》しげなまなざしをする。同時に欲望も抑えきれなくなったようだ。

祥久は雅純の腰と背に腕を回し、胸に顔を寄せてきた。

「あっ……！」

凝った粒を唇で挟まれ、舌の先で弾くようにして嬲られ、吸いつかれる。

「ああっ、ん、んっ」

疼痛《とうつう》と快感が一緒くたになって襲ってくる。

両の突起を交互に口でかまいながら、腰を支えていた手で肉付きの薄い尻を摑《つか》み、尻たぶを分けるように割れ目に差し入れられる。

「あ……、だ、め……っ」

奥がぐっしょりと濡れそぼっているのを知られるのが恥ずかしくて、雅純は首を振って口先だけの制止の言葉を吐いた。本気で嫌がっていないことは明らかで、祥久も躊躇《ちゅうちょ》する様子はなかった。

湯に浸かっているのがせめてもの救いで、これがベッドの上だったなら、双丘の間を広げられた途端にシーツに派手なシミを作っていただろう。

「すごい。濡れてる」

「いや……！」

耳元で囁いて羞恥を煽られ、雅純は居たたまれずに祥久の肩に顔を埋《うず》めた。

「このまま俺のが挿《はい》りそうな気もするが」

「……ンッ」

口とは裏腹に祥久は、いきなり剛直を挿入するようなまねはせず、ぬかるんだ後孔を探り当てて、襞に指を掛けて窄《すぼ》まりの中心にググッと一本突き立てる。

「あぁっ」

愛液の滑りに助けられ、長い指が一気に付け根まで穿《うが》たれる。

痛みは感じず、内側の粘膜をズズッと擦り立てられる気持ちよさに嬌声《きょうせい》が出ただけだった。

雅純の後孔は貪婪に祥久の指を食い絞め、筒全体がうねるように収縮を繰り返す。入れたときは一本でも窮屈だったはずの狭い器官はすぐに太さに馴染《なじ》み、祥久は何度か抜き差しして寛《くつろ》げてきたと判断すると、躊躇わずに指を増やして挿入し直した。

「はああ……あぁっ」

二本揃えた指の太さと長さに雅純は顎を仰《の》け反《ぞ》らせて喘ぎ、ガクガクと上体を揺らした。

腰の上までの深さになった湯が大きく波打つ。

後孔を掻き交ぜられ、引きずり出しては突き戻される行為を何度も繰り返される。

全身が性感帯になったかのように、掠める程度に触られただけで嬌声が口を衝いて出る。

「あっ、あ。……ああっ、そこ……！」

「もっと？」

祥久に聞かれて雅純は意地を張らずに頷いた。もっと嵩《かさ》のあるもので最奥まで貫かれたい。みっしりと埋め尽くされて祥久の一部と繋がり、熱や脈拍を直に感じたい。繊細な内側の粘膜をしたたかに擦られて、奥を突かれ、惑乱して意識が薄れるまで法悦を共有したい。祥久も理性をかなぐり捨てて一緒に感じてくれる共同作業だ。欲に塗《まみ》れた自分自身は醜いと思うが、二人で勤《いそ》しむ行為は神聖な儀式の延長線上にある気がして禁忌感は薄れる。もっとも、それは後付けの言い訳のようなもので、本音は、好きな人に愛されて一つになりたい、快楽を共有したいという、極めてシンプルな欲望に突き動かされているだけだった。

「欲しいのは俺も同じだ」

祥久も欲望を隠さない。

付け根まで挿していた指をズルッと抜き去ると、浴槽の底にある栓を外す。湯はどんどん流れ出ていき、みるみるうちに減りだした。

程なく空になった浴槽の中で、祥久は雅純に、尻をこちらに向けて掲げ、両手を突く体位を取らせた。後ろから受け入れるのは、祥久の顔が見えない分、少し心許ないが、挿入自体は前からされるよりスムーズで楽だ。

祥久は雅純の背中や双丘を一方の手で優しく撫で回しながら、自らの昂りをさらに駆り立て

るように扱いている。粘膜が擦れる濡れた音がしてわかった。

猛々しく屹立《きつりつ》したものが自分の中に入ってくることを想像し、そうされたときの感覚を思い出す。惑乱しそうな悦楽を味わわされて意識が飛びかけた記憶が今も生々しく体に残っている気がして鳥肌が立つ。

双丘を撫でていた手が間を割り開き、奥に息づく窄まりに触れてきた。

一瞬緊張に身を竦《すく》めたが、宥《なだ》めるように襞を寛げられて力みが取れる。

熱く硬い先端が、さっきまで指でさんざん解《ほぐ》されて慎みをなくしていた秘孔にあてがわれると、雅純は目を瞑《つむ》って大きく一つ息を吐いた。

ズンと腰を突き入れられ、貫かれる。

「あ……ん……っ」

雅純の体は待ちかねたようにエラの張った太い亀頭を含み込んだ。ずっしりとした質感の雄蘂を括《くび》れまで受け入れたところでいったん止められ、はぁと一息つく。秘孔の縁は皺《しわ》が消えるほど引き伸ばされ、いっぱいいっぱいに広がっているのがわかった。肉の環《わ》が祥久の剛直を食い絞めている。

「少し緩められるか」

祥久も動きづらくて苦しそうだ。

「ごめんなさい」

「久しぶりだからな」

祥久は辛抱強く待つつもりらしく、決して雅純を焦らせない。無理に陰茎を動かそうともしなかった。祥久の優しさと誠実さがありがたくて、雅純は胸が震えた。

祥久になら何をされてもいいという恋情と信頼が雅純に余裕を与え、身も心も解れてくる。

雅純の体から強張りが取れたのがわかると、祥久は慎重に腰を進めてきた。

「ハッ……あ、あぁあ……っ」

太く長い陰茎が狭い器官にズズズッと挿ってくる。

性感を刺激されると自然と濡れてくるので、内壁は水音が立つほどぬめっており、無理だとおののくようなサイズのものを埋められても苦しさより快感が勝った。

湿った粘膜を押し広げながら根元まで穿たれ、尻たぶに腰骨が当たる。

身の内に祥久の生身の一部が入って繋がっているのだと思うと不思議な感じがする。ずっと孤独で、家族以外には誰にも心を開けない、きっと一生一人だろうと諦めていた。つい先月までの話だ。それが今は、生涯を託せる相手といつ子供ができても不思議ではない関係を持っている。予想もしていなかった展開で、ときどきこれは本当に現実なのだろうかと心配になることがある。あまりにも幸せすぎて、かえって不安になるのだ。

けれど、確かに体に収まっている昂りの、熱や硬さ、脈に合わせて微《かす》かに跳ねるような動きをダイレクトに感じると、心配も不安も払拭される。

腰に両手を掛けて押さえられた状態で、祥久は深々と穿った陰茎を動かしだした。はじめのうちは慣らすように小刻みな律動を繰り返し、徐々に抜き差しのストロークを大きくしていく。

突かれ、捏《こ》ね回され、押し上げられ、叩かれ、と幾通りもの刺激を受けて、雅純は喘がされ通しだった。祥久の動きに合わせて自分からも腰を揺らしてしまい、より強い刺激を貪欲に求めた。

一突きするごとに祥久の息遣いも荒くなり、雅純を貫く怒張はますます強張り、嵩を増したようだ。祥久の性感が高まっていくのがつぶさにわかって、雅純も昂揚する。

抽挿が激しくなるにつれ、祥久も雅純も余裕をなくしていき、悦楽を追いかけることに夢中になった。

奥を突かれるたびに惑乱しそうなほどの快感に襲われ、あられもない声を放って身悶える。

雅純が感じて喘ぐと、祥久はますます腰の動きを速めて雅純を悦楽へと追い立てる。

たまらず雅純は乱れ、泣きながら「だめ」「もうだめ」と口走っては身を震わせた。

「アアアッ、イク……ッ」

最後は朦朧《もうろう》とした状態で昇り詰め、嵐の海に放り込まれたかのごとく法悦の波に揉まれ、嬌声を上げて達していた。一瞬失神しかけたが、体の奥で祥久の陰茎がビクビクとのたうち、吐精するのがわかり、その刺激で引き戻された。

名残惜しげに後孔から祥久が性器を引き出し、体を離す。

雅純はぐったりと浴槽の底に頽《くずお》れた。体に力が入らず、自力では手足を踏ん張っていられなかった。

「雅純」

祥久が雅純を抱え起こし、わななく唇を優しく啄《ついば》む。祥久自身呼吸を荒らげたままで、いつもの落ち着きを取り戻してはいないようだったが、湿った息を混ぜ合いながらのキスは情熱的で官能に満ちていた。

雅純は涙に濡れた瞳で祥久を見上げ、自分からも祥久の顎や頬に指を辿らせ、舌を絡ませる濃厚なキスに応えた。

キスをしながら雅純の髪に指を通して梳《す》き上げる祥久の愛撫にうっとりする。

シャワーで汗を流してもらうと、バスタオルでくるんで軽々と横抱きにされ、浴槽から連れ出された。

真っ白いシーツの上に下ろされる。

祥久もそのままベッドに乗って、体重をかけて雅純の上にのし掛かってきた。

ずっしりとした筋肉質の逞しい体に敷き込まれ、身動ぎすらもできなくなる。

「もう少し付き合ってくれ」

色香の漂う声音で求められ、雅純はブルッと顎を震わせ、睫毛を瞬かせた。

今し方、最後までいったばかりだが、浴室での行為は前戯でしかなかったようだ。
そのことを雅純は、このあと二日半かけて身をもって思い知らされることになった。

2

婚約式が執り行われた日の午後、予定より早くヒートに見舞われたせいで、式後に開いてもらった両家顔を揃えてのガーデンパーティーではろくに挨拶して回ることもできないまま、三日後の朝まで祥久と寝室に籠もってしまうことになった。

むろん、皆事情をわかっているので気に病む必要はなかったのだが、ガーデンパーティーのあとすぐ次の予定が入っていた侯爵は三時過ぎには暇乞《いとまご》いしたそうで、ほとんど言葉を交わせず仕舞いだった。

「父となら、これから先いくらでも話す機会はある。見かけによらず気さくでとっつきやすい方だ。俺もじっくり向き合って話をしたのは最近になってからだが、今はもう何年も前から一緒に暮らしていたようにしっくりきている」

「それは、あなた方は正真正銘血の繋がった親子だから」

「ああ。そこは確かに無視できないと痛感している。ずっと離れて生きてきて、俺には関係ない遠い存在だと本気で思っていたんだが、会うと一目で親だとわかった。血は侮れないな」

三日目の朝、ようやくヒートが治まって食欲が戻った雅純のために、ベッドまで朝食のトレイを運んできてくれた祥久と、そんな話をした。

厚切りのフレンチトーストにクリームチーズとマーマレードをたっぷりのせて、カフェオレは大きめのボウルでいただく。フレッシュなフルーツはそのまま摘んでもいいし、ヨーグルトに入れて食べてもいい。普段は少食気味の雅純も、熱に浮かされたように性欲に支配されて寝食をおざなりにしがちのヒート明けは、体力の回復を図るためにもしっかりと食べるよう心がけている。実際、そうしないとベッドから下りた途端へたり込むはめになるのだ。

「体、大丈夫か」

朝食を精力的に胃袋に片づける雅純を微笑ましげに見守っていた祥久が、照れくさそうに聞いてくる。

「……はい」

雅純も面映ゆくなって、仄《ほの》かに頬を染めて頷いた。

昨晩までは、してもしても欲情が鎮まらず、昼夜の区別なく何度も挑んできて雅純の中に精を出し続けていた祥久だったが、雅純が意識を手放してそのまま眠っていた間に一足早く平常に戻っていたらしく、今はいつもどおり落ち着いている。余裕があって、いっそう逞しくなった気がして、雅純は祥久が傍にいてくれるだけでドキドキする。見つめられるとヒートがぶり返しそうな気さえして、下腹部が疼きだしていないか心配になるほどだ。

「次はお披露目会のときになりそう？」

あと三時間もすれば侯爵家から迎えの車が来て、祥久は帰ってしまう。せめてもう一日だけ滞在を延ばせないかと我儘《わがまま》を言いそうになるのを、雅純は胸の内に抑え込んで絶対祥久に悟らせないように努めていた。

来月のお披露目会までに侯爵家の跡継ぎとして身につけておかなくてはいけない知識や作法が祥久には山とある。これまでずっと一般家庭の人間として育ってきた祥久にとって、貴族の中で最高位を授けられた唯一の侯爵家を継ぐのは、並大抵の努力でできることではないだろう。伯爵家の次男という立場に生まれ育った雅純にさえ、その苦労は想像を絶する。兄の高範ならあるいは理解できるかもしれないと思ったが、その高範ですら「一伯爵家を継ぐ私と、侯爵になる彼とでは立場が違う。雲泥の差だ」と言う。そんな途方もない苦労をしてまで侯爵家に入ると祥久に決意させたのは、雅純を守り通すためなのだ。祥久の口からはっきりとそれを聞かされたとき、雅純はどう返事をしていいかわからず泣きそうになった。

祥久にこれ以上負担をかけるわけにはいかない。そのくらいの矜持《きょうじ》は雅純も持っている。寂しいなどと言って引き止めるのは、自分自身が許せなかった。

「いや、その前にどうにか調整して時間を作るつもりだ」

ベッドの端に腰掛けた祥久は、ヘッドボードに凭れて上体を起こしている雅純の頬を慈しみの籠もる指遣いで撫で、顎を擡《もた》げて唇を合わせてきた。

チュッと軽くキスをしたあと額と額をくっつける。

雅純は甘えるように祥久の胸板に頭を押しつけ、己の匂いを付けるように頬ずりした。

祥久の長い指が雅純の髪を絡め取り、梳き流す。

「無理しないでいいよ」

本音とは裏腹に雅純が聞き分けのいい振りをすると、祥久は「していない」ときっぱり言う。

雅純は目を瞠り、「でも……」と素直に喜んでいいのかどうか躊躇った。

「会いたい。また三週間も会わずにいるのは難しい」

ただ顔を見て、傍にいて、一緒に眠るだけでいい。祥久は真面目な顔で雅純を見つめる。言葉や態度は冷静で淡々とした感じすら受けるが、まなざしは熱っぽく、雅純に対する恋情が溢れていた。自分で言うのは僭越《せんえつ》だが、愛されているのがひしひしと伝わってくる。

「うん。……嬉しい」

落ち着こう、感情を乱したら祥久が驚く、帰りづらくなるかもしれない、と懸命に自制しようとしたが、泣くのは堪えられても表情が歪むのはどうしようもなかった。ヒート期間をやり過ごしたばかりで、まだ精神的にも肉体的にも本調子ではなく、情緒が安定していないせいでもあったが、やはり祥久と離れるのは寂しくて心許ないのだ。理性を働かせて平静を装うことはできても自分の気持ちはごまかせないと思い知る。

「見送りはいらない。かえって別れづらくなる。きみは、もう少し寝ていろ。いいな」

「わかった」

トレイを祥久に引いてもらった雅純は、素直にベッドに横になり、祥久と一度ぎゅっと手を握り合った。

「こんなに過保護にされると、孕んだらどうなるのかって、想像してしまうよ」

「まさか、できたわけじゃないだろう?」

軽い冗談のつもりで言ったのが、祥久に真剣に問い返されて、雅純は狼狽《うろた》えた。

「わからない。でも、できてないと思う。ごめんなさい変なこと言って」

「いや。俺も聞いただけだ。……もしできていたなら、願ってもない話だが」

「子供、好き?」

「親戚の子でも赤の他人の子でも、子供は皆好きだが、きみとの間にできた子供は特別愛せる自信がある」

祥久の返事は確固としていて、雅純に強い安心感を与えた。

産むのは怖いが、祥久のためならどんな痛みや苦しみにも耐えてみせる、という気持ちになる。勇気も湧いてきた。

「……もしできていたら、連絡する」

「ああ。必ず、すぐに教えてくれ。何があっても飛んで駆けつける」

頼もしく、嬉しい言葉をもらい、雅純は笑って頷いた。

「じゃあ、ここで。たぶん二週間後くらいに顔を見に来る」

祥久は雅純に約束のキスをすると、気持ちを切り替えるようにフッと一つ息をつき、背筋を伸ばして緩やかな足取りで、共に過ごした寝室を出ていった。

今晩からはまた独り寝だ。この部屋の広すぎるベッドで寝るのは、この二度寝を最後にしばらくお預けになる。

期待しすぎるとだめだったときの痛手が深くなりそうなので、二週間後を意識しすぎない程度に楽しみに待とう。

久々にしっかりと朝食をとったおかげですぐに眠気が差してきた。

瞼《まぶた》を閉じると、さして経たないうちに睡魔が訪れ、次に目覚めたときは正午過ぎだった。

＊

「雅純。もう起きて平気なのか」

中庭に出た途端ギラつく太陽の洗礼を浴び、額に手を翳《かざ》して目を細めた雅純に、離れた場所から高範が声を掛けてきた。

石畳の遊歩道の先に四阿《あずまや》があり、高範はそこから手を振っていた。

二段分高くした円形の土台の上に、六角形の瀟洒《しょうしゃ》な建屋が立っている。出入り口にあたる一辺を除いた五辺にベンチが造り付けられており、中央には大きめの円卓が据えてある。

四阿には高範の他に三人の男性がいた。いずれも高範と同年配と思《おぼ》しく、すぐに毎年十日ほど滞在しに来る高範の学友たちだとわかった。

雅純は白いシャツに麻のパンツという出《い》で立ちで、頭に被ったつば広の帽子を風に飛ばされないように手で押さえ、四阿に近づいていった。

「やぁ。弟くん！」

「久しぶり。今年もお邪魔しているよ」

去年も来ていてすでに顔見知りだった二人とまず挨拶を交わす。

三日前に婚約式がここで執り行われたことは口外しておらず、三人も当然知らないようだった。ごく普通に雅純と向き合い、受験勉強は捗《はかど》っているか、などという話題を振ってくる。

ええ、まぁ、と雅純は適当に返した。

あと一人も高範と同じゼミに所属している同窓生らしかった。

「はじめまして。小鷹練二《こだかれんじ》です」

自ら名乗り、人懐っこい態度で雅純に手を差し出してきた男は、身長も体重もありそうな大柄の人物だ。筋肉質の頑健な体躯《たいく》が半袖のサマーセーター越しにも見て取れ、思わず注視してしまう。粗削りの面立ちと相俟《あいま》って、軽々しく話し掛けるのを躊躇する感じだったが、にっこり笑った顔は親しみやすそうで、見た目と実際の人物像は合致しないのかもしれないと思った。

差し出された手を握ったところ、温かくて力強さが感じられ、ほっこりした。

高範には昔から取り巻きが大勢いるが、中でも夏季休暇の間にこの別邸に招く面々は特に仲のいい、気心の知れた人たちのようだ。毎回同じメンツというわけでもなく、ときどき入れ替わる。誰を招待するか決めるのは高範らしい。昔から、友人はたくさん作っても、特別な一人は作ろうとしないことに雅純は気づいている。雅純も祥久と出会うまではそういう傾向があったので、兄も同じなのかとホッとするのと同時に、意外にも感じていた。持てるものはすべて持って生まれたと言っても過言ではない兄が、恋人はいざ知らず、親友と呼べる人を作ろうとしないのは不思議だった。

「無骨に見えるかもしれないが、彼は面倒見がよくて温厚な性格だから怖がらなくていい。困ったことや頼みたいことがあったら遠慮なく話してみれば親身になって相談に乗るタイプだ」

高範が信頼しきった笑顔で練二を見て雅純に言う。こういうとき高範は相手を揶揄するような軽口は決して叩かないので、本当にそういう人物なのだろう。

澄んだ目に誠実さが出ているようで、雅純は練二を怖いとは思わなかった。体は大きくて、いかにも腕っ節が強そうだが、乱暴な印象はまったくない。穏やかで礼儀正しく、ストイックな武人を連想した。

案外、名家の子息なのかもしれないと勘を働かせていたら、まさしくそうだった。

「お父上は小鷹子爵で、彼は次男になるんだ」

社交界にまだデビューしていない雅純は、貴族名鑑に名を連ねる家を半分も把握できておらず、小鷹子爵についても知らなかったが、やはり貴族家の出身なのかと腑《ふ》に落ちる心地だった。なんとなく醸し出す雰囲気に徳の高い品のよさのようなものが感じられ、それが両親や高範に通じるようで、もしかするとと思ったのだ。一概に貴族の出と言っても、梨羽のように歪んだプライドや傲慢さを持った者もいるので、貴族だから高貴だとか、人徳があるとは思わない。だが、練二には内から滲《にじ》み出てくる高潔さがある気がして、信頼していい人のようだという感触を受けた。

「聞きしに勝る美人さんだろう」

横から口元にホクロのある阿内《あない》がニヤニヤしながら練二の二の腕を肘で突く。

「あ、ああ、その……まぁ」

練二は本人を前にしてどう返せばいいのか戸惑うように細い目を瞬かせる。無骨で真面目、嘘が苦手で、冗談もあまり得意ではない——そんな人柄が顕《あらわ》になった遣り取りだった。

「阿内、但野《ただの》。そろそろお茶の支度ができる頃合いだ。運ぶのを手伝ってくれないか」

高範が常連の二人を連れて厨房《ちゅうぼう》にお茶とお菓子を取りに行き、雅純は練二と四阿に残された。ゆっくり話せるように高範が気を利かせた感がある。その心遣いはありがたかったが、雅純は口下手で、初対面の人と物怖《ものお》じせずに喋れるほど社交的ではなかった。練二もどちらかといえばそのタイプらしく、二人きりにされてもお互い相手の顔をちらちらと見るだけで、話が弾む気配はない。

しばらく視線を彷徨《さまよ》わせて、気まずい気分になりかけたとき、練二のほうから遠慮がちに話し掛けてきた。

「雅純くんは、ここに友達とかは呼ばないの？」

「……はい」

ぎこちなく短い返事をしてから、これでは練二に、自分と話したくないのかと気分を害させただろうかと心配になり、俯けていた顔を上げておそるおそる練二を見た。

ちょうど練二のほうも雅純に視線を向けていて、目と目が合う。

目が合うやいなや、ふわりと微笑みかけられ、雅純はじわっと耳朶まで赤くなる。気にしすぎだ、と一瞬にして悟ったからだ。

「僕には、そこまで親しい友人はいないので」

続けて言葉を足すと、練二はそうか、とばかりに頷いた。

「たぶん、皆気後れして近づきがたいのかもしれないね。仁礼高範くんの弟、ってことも意識されてるだろうし」

「自分のことはわかりませんが、兄のことは本当にそのとおりなんです」

「話し相手ならお兄さんで十分事足りているだろうけど、お兄さんには言いづらいことがもしあれば、俺でも聞くくらいはできるかもしれないよ」

心に留めておいて、と再び笑いかけられ、雅純は曖昧に「はぁ」と相槌《あいづち》を打っておいた。

兄の友人に相談することなど生じるとは思えない。そんな状況は想像も及ばなかった。面倒見がいいというより、どちらかといえばお節介な人なのかもしれない。心の中でそんなふうに考え直し、微かに眉を顰めた。

おそらくもう自分から進んで言葉を交わすことはないと思う。滞在中は何度か顔を合わせるだろうから挨拶だけは毎年しているが、誰とも親しくなったことはない。練二とも同じだ。

厨房に向かった面々が両手にトレイやバスケットを持って戻ってくるまでの十五分ほどの間に雅純が練二と話したのは、結局それだけだった。あとはなんとなく四阿の端と端に分かれて風を浴びながら芝生を眺めたり、遠くの森を見たりしていた。

「兄さん、僕は読みたい本があるので、失礼します」

雅純は兄たちと一緒に午後のお茶の時間に加わるのを遠慮して、屋敷に引き返した。

高範は少しがっかりした顔をしたが、無理にテーブルに着けとは言わなかった。

「わかった。またの機会にしよう」

ひょっとすると、練二と二人きりでいるときに何かあったのかと誤解されたかもしれないと思ったが、目を合わせた際に雅純が微かに首を振ると、杞憂《きゆう》だと言わんばかりに口元を綻ばせた。高範が練二を信頼しているのが伝わってくる。そんなことは思いもしなかったようで、かえって雅純のほうが己の穿ち過ぎを恥じ入るはめになった。

気持ちのいい微風が吹く中、遊歩道をのんびり歩いてテラスから屋内に入り、三階の自室に向かっていると、階段で執事と行き合わせた。

「たった今、お部屋にお手紙を一通お持ちしたところでございました」

「手紙？」

まるで心当たりがなくて雅純は首を傾《かし》げつつ、「ありがとう」と執事に礼を言った。

部屋に戻ってみると、居間のコンソールテーブルの上に、レタートレイに載せた手紙が置かれていた。

角形の封書で、特殊紙を用いた封筒の隅に美麗なデザインの箔《はく》が空押しされた格式張ったものだ。消印は昨日の日付になっており、近郊の避暑地の郵便局で引き受けられていた。宛名を綴《つづ》った筆跡には強い癖があったが、独特ではあれど稚拙なわけではなく、それなりに教養のある人物が書いたのだろうと察せられた。

「嵯峨野翔一《さがのしょういち》……知らない人だ」

封筒を裏返した雅純は、仰々しく蠟《ろう》で封緘《ふうかん》された裏面の隅に記された差出人の名前を見て、戸惑いながら呟いていた。

ペーパーナイフで丁寧に封を切って中身を取り出す。

封筒とお揃いの意匠が施された手書きの手紙で、初めましての挨拶に続けて、いきなりこのような手紙を送りつける不躾《ぶしつけ》さを謝罪し、簡単な自己紹介、という流れで、まずまず常識的な出だしだと感じた。それによると、嵯峨野という人物は雅純が在学している学院のＯＢらしかった。卒業して十年になるが、現在も一部の教師や学生と交流があるそうで、先月催された学祭にも来ていたらしい。今は実業家として会社を経営しているとある。

問題はそこから先だった。さらに読み進めるうちに雅純は意表を衝かれ、青ざめた。

嵯峨野は雅純が本当はオメガだと知っていた。推察ではなく疑う余地なく確信している書き方で、どうして、どこから、と疑惑と不安が襲ってきて動揺する。

『驚いて混乱させてしまったなら申し訳ない。まだ世間に公表されていないこの事情をなぜ知っているのか不思議に思うだろうが、今は、とある人物から聞いた、とだけ言っておこう。だが、心配はいらない。私自身オメガだ』

震えながら読んでいった先に再び衝撃的な一文があり、雅純は目を瞠った。

嵯峨野もオメガ。

本当だろうか。本当なら、初めて接する同性同種ということになる。

半信半疑のまま、雅純はとりあえず手紙を最後まで読み切った。

平たく言えば手紙の趣旨は、一度会わないか、という誘いだった。嵯峨野は事業を成功させた独身のオメガで、三種の中では弱者になるオメガをサポートし、相談に乗り、お互い助け合うことを理念にしたコミュニティを作って活動しているらしい。

この活動はメンバー非公開で、参加者には守秘義務が課せられるため、オメガであることを隠している人も外に漏れる心配はない、主宰者としてその点は約束できるとはっきり書かれていて、雅純は心が揺れた。

ずっと、他のオメガと会ってみたかった。話がしたかった。

今後雅純の身に起きるであろう妊娠や出産、子育てがどのようなものなのか、実際に経験したことのある同種がいたら体験談を聞きたいし、心構えなども教えてほしい。その思いは切実だった。

たまたま明後日、嵯峨野が今いる避暑地の別荘でコミュニティの集まりが開かれる。急な話で難しいかもしれないが、もし少しでも自分たちの活動に興味があって、都合がつくなら、遊びに来ないか、気楽な気持ちでどんな集まりか覗《のぞ》いてみるだけでもいい。コミュニティに入会しろと強いるものではない、と嵯峨野はソフトな言葉遣いで書き添えている。

雅純は迷った。

いくらなんでも、突然一面識もない人物から送りつけられてきた手紙を、なんの躊躇いもなく信じる気にはなれない。常識的に考えたなら無視するのが一番だ。頭ではわかっているが、それでも迷ってしまうのは、この機を逃せば二度とオメガと会う機会はないのではないかと冗談抜きで思うからだ。

『差し出がましいと思われるかもしれないが、オメガは特殊な性種だ。一人で悩んでいる者も多い。コミュニティに来れば気の合う仲間とめぐり逢えるかもしれない。この機に顔を繋いでおけば、何かあったときいつでもコンタクトを取れる。勇気を出してみないか』

読めば読むほど、行ってみようかというほうに気持ちが傾く。

『今のところ集まる予定のメンバーは私を含めて六名だ。きみが来てくれたら七名になる。人数的にも、初めてのきみが参加するにはちょうどいいと思う。皆、避暑を兼ねて来るから三、四日滞在するが、もちろんきみは泊まりたくなければ日帰りでもいい。行き帰り駅までは車を出すから安心してくれ』

何から何まで親切だ。確かに、六、七名程度の集まりは適当だと思う。全員と話すのに無理のない人数だし、一人くらい気が合う人が見つかる可能性もありそうだ。それに、必ずしも泊まらなくていいというのも助かる。

日帰り、もしくは一泊程度なら、「友人の別荘に遊びに行く」と言えば家族の皆によけいな気を揉ませずにすむ。

いちおう高範に嵯峨野を知っているか聞いてみるつもりではいる。高範とですら七歳の差があるので直接顔見知りとは考え難いが、交友関係が広く、情報通なので、芳しくない噂があれば耳に入れているだろう。自分でも紳士録を捲《めく》って、本当に載っているかどうか調べることにする。

紳士録は父が持っている。

あいにく午後から母と出掛けたので不在だが、書斎の書棚に挿してあることは知っていた。

書斎への立ち入りは禁じられていないので、気兼ねなく部屋に入り、ずっしりとした大判の上製本を、マホガニー製の執務机の上で開いた。

嵯峨野翔一——間違いなく名前がある。

そこまで見え透いた嘘はつかないだろうから、十中八九あると思って捲っていたが、実際に目で見て確かめて、雅純はホッとした。知らず知らず嵯峨野を信じたい気持ちが強まっていたようだ。要するに雅純は行きたいと思っているのだ。あらためて自覚する。

紳士録によれば嵯峨野翔一は現在二十八歳。父親は嵯峨野商事の社長で、翔一は長男となっている。ただし、正妻との間の子ではないようで『婚外子』と但し書きされていた。性別や性種については紳士録自体に記載する欄が設けられていない。おそらく本人も公表していないだろう。職業欄には『SSカンパニー経営者』とあり、何の会社か社名から推し量るのは難しかったが、実業家というのは確認できた。長男だが父親の会社は継がないようだ。そのことから、漠然とだが嵯峨野の立場が目に浮かぶ気がして、雅純は胸苦しくなった。すぐ隣に嵯峨野真一《しんいち》という名の人物が記載されており、二十四歳、嵯峨野商事社長室付き取締役、との表記に家庭の事情がうっすらと見えてくる。おそらくだが、正妻との間に子供ができるのが遅く、一度は諦めてよそで作った翔一を迎え入れたものの、四年後に真一という跡継ぎを得て、翔一は家を出るしかなかったのではないか。

勝手な想像だが、雅純は嵯峨野の境遇を思って少し暗い気分になった。

雅純自身は、周囲の協力を得られて恵まれた環境の中で育ってきたが、多くのオメガは底辺の扱いを受けて苦労しているような話をたまに聞く。

だから、嵯峨野が主宰しているようなコミュニティが必要なのだ。

嵯峨野の活動は社会に貢献するもので、もし雅純に協力できることがあるならば、そうすることはやぶさかではない。祥久もきっと理解してくれるだろう。

嵯峨野のプロフィール、現住所、所有する資産、いずれも手紙に書かれていることと齟齬《そご》はない。ここからローカル鉄道で三十分ほど行った場所にある別荘も明記されている。嵯峨野を疑う理由はなさそうだった。

ここまで身元がはっきりしているなら、高範に嵯峨野を知っているか聞く必要もないと思われてきて、雅純は考え直した。

もちろん、黙って出掛けるつもりはない。

その日の晩餐《ばんさん》後、シガールームでブランデーグラスを手に寛いでいた父に、明後日から一泊の予定である方の別荘を訪ねたいのですが、と伺いを立てた。

「きみにしては珍しいことだな」

伯爵は頭ごなしに反対する気配は漂わせていないものの、意外そうではあった。

「今日、手紙をもらって、たまたま先方も近くの別荘地に滞在しているので会わないかと誘われたんです」

雅純は聞かれたらオメガのコミュニティのことを隠さずに話そうと決めていた。そのため、父が一人になるまで待った。客人が一緒だとうまく説明しきれない。三人は高範と共に遊戯室でビリヤードをしている。当分ここには来ないだろう。母にはいてもらってもかまわないのだが、父が晩餐後シガールームに行くのと同様に、母は部屋で刺繍《ししゅう》をするのが常だった。

「嵯峨野翔一という方で、学院のOBなんですが、その方も僕と同じオメガだそうです」

雅純は嵯峨野が主宰しているというコミュニティの話を父にした。

「明後日、少人数の集まりがあるらしくて、僕も一度自分以外の同じ方々と会ってみたいんです。せっかくなので一泊させていただこうかなと思っているのですが、ご心配なら日帰りでちょっとお邪魔してくるだけにします」

「場所はどこかね」

雅純が住所を告げると、伯爵は眉を寄せた。

「ああ、別荘地帯だな。電車が通ってはいるが本数が少なく便の悪い場所だね。その分、観光地化されていなくて、静かに過ごすにはうってつけらしいが。確かこちら方面行きの電車は夜六時台が最終だったと思うから、それだとせっかく行ってもゆっくりできないんじゃないかな。行くなら一泊するつもりで行ったほうがよくないか」

どうやら伯爵は、嵯峨野たちの集まりに雅純が参加することに反対する気はないらしい。

「嵯峨野というと嵯峨野商事の嵯峨野のことかな」

「はい、そうです」

伯爵はすぐわかったようだ。

「ご夫妻と次男の真一くんには会ったことがある。長男は自分で会社を興してうまくやっているそうだな。結構遣り手と聞いている。そうか、彼はきみと同じだったのか」

「何かあったとき、相談できる人が一人でもいれば心強いかなと思うんです」

「そうだな。きみの気持ちはわかる。我々家族はきみをとても愛しているし、できることはなんでもしてやりたいと考えているが、同じではないのでわかってやれないこともあるだろう。きみが同種の友人を作ることには反対しない」

ただし、と伯爵は表情を引き締め、雅純の顔をじっと見据える。

「皆が皆きみに好意的とは限らない。それは頭の片隅に置いておきなさい」

「はい」

雅純は神妙に受け止めた。

梨羽のことが脳裡を掠める。

学院側から伯爵にも顚末《てんまつ》を報告、説明したそうなので、事件のあらましは父も承知しているはずだ。ただ、今のところ二人の間でこの件は話題に上っていない。梨羽の急な転校が、伯爵側からの圧力なのか、祥久の番となったことで侯爵家が動いたのか、はたまた梨羽の実家である子爵家が忖度《そんたく》してのことか、雅純はあえて詮索せずにいた。なので、父がどんなふうに事件を把握しているのか知りようもないのだが、アルファの梨羽が雅純を軽んじて卑劣なまねをしたこと、梨羽とぎくしゃくしていたことはわかっているだろう。それで今、話の流れに乗じてそんなことを言い出したのかと推察した。

「きみは何も悪くなかったとしても、きみを妬んだり羨んだり、気に食わないと嫌ったりする人間はいるだろう。誰にでも起こりうることだ。必要以上に傷つかなくていいし、相手にしてやることもない」

父は梨羽との一件で雅純が傷ついているのではないかと心配してくれているようだ。確かに、ここまでするのかとショックは受けたが、元々嫌われていることは知っていたので、実はそれほど尾を引いてはいなかった。

「僕ももう大人ですから、周りに自分の味方しかいないと考えるほど天真爛漫《らんまん》ではありません。僕を嫌いな人が少なくないことも知っています」

「それならいい。疑いすぎるのも寂しいが、信じすぎると裏切られたときの痛手が大きい。何を信じて何を疑うのか、見極めるには経験が必要だ。嵯峨野のコミュニティがきみに益のある場であることを祈っている。気をつけて行っておいで」

行き先と、主宰の嵯峨野の身元がはっきりしているので、伯爵も反対しなかったようだ。

嵯峨野がどうやって雅純がオメガだと知ったのかは気になるが、事件の関係者である梨羽たちは知っているし、もしかすると他にも誰か気づいた者がいたのかもしれない。人の口に戸は立てられないものだ。嵯峨野がＯＢなら、学院にいる誰とどう繋がっていても不思議はない。

どのみち来月半ば過ぎには公表するので、隠そうと躍起になったところで今さらではあった。

来る気になったら電話をくれと番号が書き添えられていたが、まったく面識のない相手といきなり声だけで遣り取りするのは緊張しそうで躊躇われる。シガールームを出て自室に戻った雅純は、お言葉に甘えてお伺いします、と手紙を認《したた》めた。電車の本数を考慮し、一泊させていただきたいと希望した。

その手紙を翌朝速達で出してきてもらったところ、夕方、嵯峨野から電話があった。

『初めまして、仁礼雅純くん』

電話で聞く嵯峨野翔一の声はなかなかの美声で、穏やかで丁寧な喋り方に好感が持てた。物腰の柔らかい優しそうな人物像が頭に浮かぶ。まだ会ったことのない者同士が初めて話をするシチュエーションにふさわしい、よそよそしすぎず馴《な》れ馴《な》れしすぎもしない気持ちのいい感覚で会話ができた。思いきって会いに行くと決めてよかったと雅純は安堵した。

『不躾な手紙を送りつけたにもかかわらず、勇気を出して会う決意をしてくれて嬉しいよ。ありがとう。明日集まるメンバーもきみと話せることを喜ぶだろう』

「二日間お世話になります。よろしくお願いします」

楽しみに待っている、と言われ、電話を切ったあとしばらく雅純は昂揚した気分で、どんな人たちと会えるのだろうと想像を巡らせた。

一泊分の荷物をスーツケースに詰め、明日に備えて早めにベッドに入る。

知らない人の家に泊まりがけで行くことも、知らない人ばかりの中で二日間過ごすことも初めてだが、不安よりも期待のほうが大きかった。

3

嵯峨野《さがの》の別荘は山の中腹に立っており、ローカル線の最寄り駅から車で二十分ほどかかるとのことだ。

車で迎えにきてくれたのは五十代くらいの男性で、妻と共に別荘で働いていると自己紹介してくれた。シーズンオフの間は管理人として掃除や庭の手入れを月に一度するくらいだが、夏場は客人の送り迎えや食事の支度、給仕、接客といった仕事が増え、二人で捌《さば》くのが大変らしい。雅純《まさずみ》はのっけから、お手を煩わせてすみません、と恐縮することになった。顔を合わせるやいなや内情を暴露するような話をされたのは初めてで、気まずくなるのと同時に戸惑いもした。自分で車の運転もできないのに、のこのことやってきたことを暗に迷惑がられているのだろうかと深読みしてしまう。さすがにそこまであからさまに態度に表しはしないので本音はわからないが、複雑な気分だった。

今日集まる予定の他のメンバーはすでに到着しているそうで、雅純が最後になるらしい。

車を走らせだしてからは、男性は無言で運転に専念する素振りを見せ、それ以上会話はなかった。

なだらかな丘陵地にこぢんまりとした別荘が集まった区画を通り過ぎ、カーブが続く山道を登っていくと、コンクリートの箱を思わせる建物が見えてきた。ずっと西欧風のクラシカルな雰囲気の伯爵邸や学院で過ごしてきたので、こうした前衛的なデザインの邸宅は物珍しく、興味深かった。

紳士録を見たあと、あらためて調べたところ、嵯峨野が経営する会社は輸入代行サービスを行う企業で、五年前に設立されて以来、業績は年々伸びている。嵯峨野自身は個人投資家としても知られており、成功者と言っていいようだ。

このちょっと尖《とが》った印象の建築物に、独力で今の立場を摑《つか》んだ嵯峨野の矜持《きょうじ》や自尊心が出ている気がする。

「ようこそ、雅純くん。手紙を出した嵯峨野だ。招待に応じてくれて光栄だよ」

玄関先で待ち構えていた男性が歩み寄ってくる。この人が嵯峨野翔一《しょういち》か、と雅純は遠慮がちに全身に視線を走らせた。半袖のシャツにスラックスという飾り気のない服装で、寛《くつろ》いだ印象だ。この集まりがしゃちほこばったものでないことが察せられ、前もってそう聞いてはいたが、言葉のアヤではなさそうで安堵《あんど》する。

右手を差し出されて握手を交わす。

電話で声を聞いた段階では、常時穏やかに微笑《ほほえ》んでいるようなソフトな印象の人物を想像していた。実際会ってみると、背丈はそこそこで痩せ気味だが、自信に溢《あふ》れて堂々とした佇《たたず》まいをしているからか、小さいという印象は受けない。耳に心地よく響く美声は直に聞くとより心を摑まれる説得力のようなものがあって、知らず知らず引き込まれてしまいそうな気がする。悩みがあったり、気持ちが揺れているときに嵯峨野にアドバイスされたら、自分の頭で考えるのを放棄して流されるかもしれない。そんなことを思った。

「もう他の参加者は揃《そろ》っている。さっそくだが皆に紹介しよう」

玄関から中に入ると、ホールのすぐ左手にラウンジのような場所が広く取られている。デザイン性の高い革張りの椅子と、天板がガラスになったローテーブルのセットが中央に据えられ、奥にバーカウンターが設けられている。メンバーはここに集まっており、興味津々といった目を一斉に向けられた。

全員男性のオメガなのか、とドキドキしながら、雅純も五人いる彼らに対して「はじめまして」とお辞儀した。

「右から、吉崎《よしざき》、桜野《さくらの》、原《はら》、有田《ありた》、柳本《やなぎもと》だ」

嵯峨野が一人ずつ名前を言うと、紹介された人物が手を挙げたり会釈したり、どうも、と一言発したりして、雅純と挨拶を交わした。眼鏡をかけているのが吉崎、雅純より小柄に見えるのが桜野、スポーツ刈りで日焼けしているのが原、耳にずらっとピアスを付けているのが有田、ちょっと陰気な顔をしていて話し掛けづらそうなのが柳本、とりあえずそう覚える。

「まぁ、座ったら。ここ空いてるし」

嵯峨野も含めた六人の中で最も年輩と思《おぼ》しき桜野に手招きされ、雅純は三人掛けのソファの真ん中に恐縮しながら腰掛けた。両隣は桜野と吉崎だ。嵯峨野と他三人はそれぞれ一人掛けの椅子に陣取っている。四方から皆の注視を受けて心地悪かったが、隅のほうでいいですとは言い出しにくい雰囲気で、新参者の洗礼を甘んじて受けることにした。

座ってからあらためて室内を見渡す。安っぽさや妥協をいっさい感じさせない本物志向は内装や家具備品に至るまで徹底されているものの、なぜかほっとできるところがなくて落ち着かない。素晴らしいのはわかるが肌に合わない、そんな感覚だ。

「可愛《かわい》いね」

派手な服装と、耳殻に並ぶピアス、というインパクトのある姿をした有田が、雅純をしげしげと見ながら軽いノリで言う。

「ここからでもいい香りがしそう。さすがは仁礼《にれ》伯爵家の御曹司様だ」

「おい、おい、からかうなよ。雅純くんが困惑してるだろう」

吉崎が有田を窘《たしな》める。

「まったくだ。そもそも有田は歳《とし》の割にチャラチャラしすぎなんだよ。だからろくでなしのアルファに利用されるだけされて捨てられるようなことになる」

「なんだと」

無神経な発言をした原に、有田がムッとして気色ばむ。

「原！　人の事情を勝手に喋《しゃべ》るな！　おまえも軽率だぞ」

それをまた吉崎はうんざりした様子で諌《いさ》めた。

三人の遣《や》り取りをヒヤヒヤしながら聞いていた雅純に、横から桜野が「気にしなくていい」と落ち着き払って声を掛けてくる。

雅純は桜野に顔を向け、はぁと心許《こころもと》なげな相槌《あいづち》を打つ。

「日常茶飯事だ。気心の知れた者同士だから遠慮会釈なく言い合える。仲は悪くないんだ」

「そうなんですか」

「ああ。きみも慣れたら、あっちの二人みたいに何も聞こえてない顔でスルーできるようになるさ」

あっちの二人、と桜野が顎をしゃくって示した柳本と嵯峨野にちらっと視線を流す。

柳本は我関せずといった様子で退屈そうに頬杖《ほおづえ》を突いている。雅純からもすでに興味は失《う》せているようだ。付き合いで仕方なくこの場にいる感じがする。明日まで一緒に過ごしたとしても柳本とは打ち解けられる気がまったくしない。

嵯峨野はソファに深く腰掛け、悠然とした態度で、一歩離れて全体を見下ろしている印象だった。ホストらしく皆に対して公平に構えているふうだが、なんとなく、自分がどう見られているのかにしか関心がないようでもある。実際はどうかわからない。雅純はこの場にいる全員について、まだ何も知らないに等しかった。

せっかく桜野が話をするきっかけを作ってくれたので、雅純はこの集まりに関してもう少し詳しく聞いてみることにした。

「桜野さんは毎年ここに来られているんですか」

「二度目だよ。去年初めて招待を受けてお邪魔した。俺はここにいる連中より十歳近く歳食っているから、いろいろ感覚違うところがあるかもしれない。長く生きてる分、屈折していると思うしな。きみなんかまだ十七なんだろ。純粋培養されたお坊ちゃまに聞かせるにはヘビーな経験談しか持ってない。男のオメガは大体皆そうだ」

先ほど原にちらりと過去をバラされた有田だけではなく、原自身も何か訳ありのようだ。そうなのか、と雅純は重たい気分になった。自分はオメガにしては恵まれているほうだと自覚してはいたが、実際他のオメガの話を聞くと、手厚く保護されて大事に大事にされてきたのだと思い知らされる。ここまで優遇してもらっているオメガは他にはいないのではないかと思うほどだ。恵まれているどころの話ではなさそうだった。

「代表にしても、今でこそ社会的に成功して、名誉も金も手に入れて好きに暮らしているみたいだが、そうなるまでには死ぬほどの屈辱も味わったらしい。あんまり喋るとまずいんでこのくらいにしておくが」

桜野は嵯峨野の話をするときは声を低めてボソボソと話し、すぐ切り上げた。正妻との間に弟が生まれて、立場が微妙になったことを言っているのだと察し、雅純も掘り下げて聞こうと

手に想像する。

は思わなかった。嵯峨野はまだ家が裕福だったので、そこまでの苦労はしていないだろうと勝手に想像する。

「皆さん、オメガだと周囲に公表されているんですか」

雅純は番《つがい》の相手がいるので、そしてそれが侯爵家の跡継ぎとなる人物なので、公表しないわけにはいかない立場になったが、オメガだと公表しても百害あって一利なしだと考えて秘匿している者も多い。役所関係には生まれたときに届け出て登録されているが、入学や就職の際にその事実を知ることができるのは上層部の関係者のみだ。知ると同時に守秘義務も発生する。本人が自ら自分はオメガだと明かすのは、むろんかまわない。アルファも決して多くはないので、積極的に相手を求めるならオメガだと名乗り出たほうが出会いの機会は格段に増える。人間性に問題のない優れたアルファに気に入られて番になれば生涯庇護《ひご》してもらえる可能性があるし、高価な抑止薬を飲み続けるための金銭的苦労からも解放される。反対に、一人でも生活していける力があるならば、質《たち》の悪いアルファに無理やり番にされて不本意な人生を送るよりはと隠し通すオメガもいるだろう。祥久《よしひさ》と出会う以前は、雅純も隠して生きるつもりだった。

公表するかしないかは当人の考え方次第だ。

「俺と嵯峨野さんは公表している。とはいえ、堂々と名刺に刷り込んでいるとかじゃなく、その気になって調べればわかるようにしているってことだ。普通に生活していれば、嵯峨野さんみたいなタイプはベータだと思われやすいから気づかれにくいだろうな。けど、コミュニティを主宰してるくらいだから隠してちゃ信用を得られない」

　確かに嵯峨野はそこまで小柄ではないし、押し出しの強そうな雰囲気を持っているので、一目で見抜かれはしなそうだ。

　桜野は雅純の顔や体つきを不躾《ぶしつけ》なくらいとっくりと見て、面白がっているような、意地の悪さが漂う笑みを浮かべる。

「きみは、今までは成長過程だったからごまかせていたかもしれないけど、この先は難しいだろうな。もっとも、実家が実家だし、聞くところによるとすごい家のアルファと番の誓約をしているらしいから何の心配もいらないか。つくづく羨ましいご身分だね」

　最後は皮肉混じりで嫌な気持ちになったが、それより、ここにいる全員がそこまで把握していることに怖さを感じ、どうやって知ったのか探らずにはいられなかった。

「ああ、心配しなくても俺たちからは外には絶対漏らさない。嵯峨野さんを裏切るやつはいないから」

　こちらから聞く前に桜野のほうから嵯峨野の名前が出たので、確認する手間が一つ省けた。

「まだお披露目目前なのに、情報通なんですね」

　あえてさらっと言ってはにかんでみせると、桜野は、雅純に隠す気がないならそんなに神経質になる必要はないとでも思ったようだ。

「あの人、顔が広いんだよ」

本人の耳に入るのを慮《おもんぱか》ってか、桜野は嵯峨野の名前を出さずに言う。

雅純も嵯峨野の動向が気になり、他のメンバーがどうしているかも確認しておきたくて、併せて様子を窺《うかが》った。

先ほど一瞬気色ばんだ有田の相手を吉崎が引き受け、嵯峨野は原とテニスの話をしていた。今年も秋の地方大会前に、後輩たちの仕上がりを確かめるために練習を見に行くと言っているのが聞こえ、雅純はそうか、と閃《ひらめ》いた。

最初は、転校した梨羽《なしは》が腹いせに大先輩にあたる嵯峨野にバラしたのかと考えたが、侯爵家の不興を買って転校を余儀なくされた梨羽が、これ以上立場を悪くするような危ない橋を渡るとは思えない。やはりこの線はなしかと諦めかけたとき、もう一人いると思い出した。スポーツ特待生だった仲森《なかもり》だ。彼は直接雅純を襲おうとしたわけではなかったが、加担したのは間違いなく、特待生を解かれた。そのため経済的な事情から学院にいられなくなり、一学期いっぱいで自主退学したと聞いている。せめてもの意趣返しに、誰かに秘密を漏らすとすれば、失うものの少ない仲森のほうが可能性がありそうだ。

おそらく、こちらの推測で間違いないだろう。

どのみちすでに知られていることなので、話が伝わった経緯がわかっても、今の状況が変わるわけではない。

桜野は皆が穏やかに歓談し始めたのを見て、どこか残念そうな、雅純にはちょっと理解しがたい表情を浮かべた。

「原と有田は見た目も性格も真逆で、しょっちゅう口喧嘩《げんか》しているが、裏を返せば無視できないほどお互いが気になってるってことだ。歳も近いしね」

二人が仲良くすると何か面白くないのかと問い質《ただ》したくなる。むろん、あまりにも不躾すぎると思い、口には出さなかった。代わりに年齢を聞く。

「おいくつなんですか」

「原が二十七で、有田は二十六。嵯峨野さんと歳が近いのはこの二人だ。吉崎は俺の次に歳食ってて三十五、柳本は逆に若い。愛想がなくていつも不機嫌そうな顔してるからもっと上に見えるが、まだ二十三だ。ついでに旦那持ちも柳本だけ。ま、要するに、若さがなくなるとチャンスは減るし、若い頃一緒になっていても飽きて捨てられる率が高くなるしで、相手のいないやつが多くなるってわけだ。よほど努力してないと、下手すりゃ路頭に迷ってしまう」

桜野は自嘲気味に言い、唇を一度噛《か》んだ。

「きみは実家がご大層な名家のようだから、捨てられても泣きつけば困らないんだろ。やっぱり恵まれている。いや、失敬。それ以前にお相手がべた惚《ぼ》れしているそうだから、きみがよほど容色を衰えさせない限り、なんとかなるだろう。だが、あまり早く子供を産んでやるのは考えものだよ」

「どうしてですか」

子はかすがいと言う。早く子供を設けて絆《きずな》を強めたほうがいいのではないかと思って、雅純は首を傾《かし》げた。

「きみの相手はどうか知らないが、中には子供さえ産んでくれたら、もう用済みだとして、平気で番の契約を解消して捨てる非人情なアルファもいるってことさ」

今度は苦々しげに吐き捨てるように言い、雅純は自分が桜野の傷を抉《えぐ》っているような気になった。もうこの話題は控えたほうがよさそうだ。相槌もうやむやにして、雅純はいったん口を噤《つぐ》んだ。

「雅純」

ちょうどそこで嵯峨野が雅純を呼んだので、雅純は自然な流れで桜野との話を終わらせることができた。それまでくん付けで呼ばれていたのが、ここに来て呼び捨てになっていたことは気にならなかった。むしろ、くん付けされるほうが馴染《なじ》みがなくて、呼ばれるたびに落ち着かない。嵯峨野に倣って他のメンバーも今からは呼び捨てにしてくるだろう。

この三十分ほどの間に、雅純はこの場の空気を概《おお》ね摑《つか》めた気がしていた。嵯峨野がコミュニティの代表者で、この別荘のオーナーという立場上、五人が嵯峨野の意向を気に掛けるのは無理からぬ話だ。それに加えて、メンバー同士の間に微妙な空気が漂っているのを感じる。他のメンバーを出し抜いて嵯峨野に取り入ろうとする者が出ないように牽制《けんせい》し合っているような、そんな雰囲気だ。表面上は今年も集まった馴染みのメンバーという体だが、腹の中は誰も彼も今ひとつ読めない。それによって雅純自身にも影響が及ぶかどうかも、まだわからなかった。

「スーツケースだが、きみに使ってもらう客用の寝室に運んである」

嵯峨野に言われ、雅純は「お世話をお掛けしました」と礼儀正しく感謝した。

フッ、と誰かが小馬鹿にしたように嗤《わら》ったのが微《かす》かな息遣いからわかった。振り向かなくても位置的に柳本だと見当が付く。嫌な感じだと思ったが、ここは気づかなかった振りをしてやり過ごすほうがいいと己に言い聞かせる。

「狭くて行き届かないところもあるだろうが、一晩のことだし、我慢してくれ」

「僕も日頃は寮暮らしですから。……寝られれば」

こんな場合、どう受け答えするのがスマートなのかわからず、ぎこちなくなってしまう。あまりこんなふうに言われたことがないので戸惑った。

「鍵は掛かるから、プライバシーは万全だ」

雅純は嵯峨野に渡された鍵を握り込み、これは暗に、部屋に行けとこの場から追い払われようとしているのだろうか、と遅ればせながら気がついた。そう思って嵯峨野を見ると、体がさりげなく出入り口の方を向いている。その上、瞳が促すような動き方をしたので、間違いないと確信した。

「また後でな、雅純」

さらに吉崎が嵯峨野の意向を押すように声を掛けてくる。思ったとおり呼び捨てだった。

「一人では心細いなら一緒に行ってやろうか」

有田も尻馬に乗るように言い出したが、ニヤニヤと人の悪い笑みを浮かべていて、からかっているだけなのはどんな世間知らずでもわかっただろう。

桜野と原はそっぽを向いている。柳本は椅子に座ったまま冷ややかなまなざしを浴びせてくるだけで微動だにしない。元より雅純は誰にも何も期待していないので、皆の反応などどうでもよかった。なんでも相談できるオメガの友人など、そう簡単に得られるとは端《はな》から考えていない。今回は、どんな人たちがいるのか実際に会って確かめることが一番の目的だ。

「夕食は七時からだ。きみは部屋で荷解《にほど》きをしたら、少し休むといい。食べながらまたゆっくりと話そう。コミュニティの活動についても私から詳しく説明するよ。きみも我々に質問があれば遠慮なくしてくれ。夕食のあとは遊戯室でカードゲームやボードゲームをする。飲みながらね。日付が変わるまで長引くこともあるので、覚悟して、今のうちに昼寝しておきなさい」

どうやら夕食後はとことん付き合わされることになりそうだ。

雅純は鍵を手に居間を後にした。

玄関ホールにある大理石張りの階段を上がり、二階へ行く。

二階には部屋番号付きの扉が廊下を挟んで両側に並んでいた。鍵に番号が彫り込まれていて、雅純の部屋は一番奥だった。

そこだけは向かいの扉に番号がなく、好奇心からノブを回してみるとあっさり開いて、従業員用の裏階段があった。

なるほど、と思い、ある程度覚悟してあてがわれた部屋の扉に鍵を挿す。

想像を裏切らず、狭苦しくて薄暗い部屋だった。窓は北向きで、日中は十分に日が入らない。四畳半ほどの広さをシングルベッドが占拠し、造り付けの小さなクローゼットがあり、腰高窓のすぐ下に書きもの机と椅子が一脚据えられている他は、文字通り何もない。雅純が持ってきたスーツケースが無雑作に置きっぱなしにされているだけだ。

幸い、ベッドには糊《のり》の効いた清潔なシーツが掛けられており、マットレスもしっかりしていて、寝心地は悪くなさそうだった。これでベッドまでひどければ泊まるのを躊躇《ちゅうちょ》するところだったが、最低限のもてなしはされていて、帰ると言い出せば雅純が我《わ》が儘《まま》で驕《おご》っているからということになるだろう。

この状況がわざとなのか、はたまた六人目の客人を迎える部屋がここしかなくて、やむを得ずなのか、雅純には判断が付かない。苛《いじ》めなのか、別に他意はないのか、スーツケースをベッドの上で開いて中身をクローゼットに吊《つる》したり、中に備え付けられている棚に整理して並べる間中、雅純はモヤモヤした気分を抱えていた。

苛めなら苛めでかまわないが、やり方が大人げなくて、嵯峨野に対して失望を禁じ得ない。十七の高校生をご丁寧に招待状で呼んでおきながら、こんなことなら家にいればよかったと泣かせるのが目的だったとは、残念すぎて考えたくもない。

とりあえず、言われたとおりベッドの寝心地を試すことにした。

どうせ今一階に下りても、既存メンバーで何やらしているのであろう中に入らせてくれるとは思えない。嵯峨野にはヘタに逆らわないでおこうという空気感が、メンバー内に浸透しているらしいのは察せられた。雅純も従ったほうがよさそうだ。

着替えも日用品も最低限しか持ってこなかったので、片づけはあっという間に終わった。移動用に選んだ皺《しわ》になりにくいスラックスとシャツを脱ぎ、寝間着に着替える。綺麗《きれい》にメイクされたベッドのカバーを剝いで寝台に横たわる。

ベッドは申し分なく寝心地がよかった。

やはり、苛めとまでは言えないな……と思い、どこかホッとした気分になり、布団の中で手足を思い切り伸ばしたときだ。

素足の先にぐにゃっとした物が触れ、雅純は反射的に足を避《よ》けた。経験したことのない事態に戸惑う。

気のせいか、と今一度おそるおそる足を伸ばしてみた。

今度は動物の体毛のようなものが爪先に触れ、雅純は布団を撥《は》ね除《の》け、起き上がった。

カーテンを閉めずに天井灯だけ消してベッドに入ったので、室内の様子は十分見てとれた。

足元を見た途端、雅純は悲鳴を殺して目を瞠《みは》り、息を呑《の》んでいた。あと少し手で口を覆うタイミングがずれていたら、けたたましい声を放っていたに違いない。動顚《どうてん》してベッドから転げ落ちていた可能性もある。

横になると足先が触れる位置に、ピクリとも動かない白い毛に覆われた物が置かれていた。なぜこんなものがあることに気づかなかったのか不思議でならない。ベッドカバーが掛かっていたときには平らに見えて、違和感を覚えなかった。いや、それも単なる思い込みで、実は見過ごしていただけかもしれない。

次にゾッとしたのは、もしこのハツカネズミの死体のようなものをスーツケースの下に敷き込んで潰していたら、という、鳥肌が立つような想像をしたときだった。

吐きそうになるのを抑え、白いものから目を逸《そ》らす。

誰か人を呼んで片づけてもらおうかと思ったが、部屋に呼び鈴や電話の類いはなく、別荘内のどこかにいるはずの管理人夫妻を捜して直接頼まないといけないようだ。寝間着姿で部屋の外に出るわけにはいかず、めんどくささと、得体の知れない物体の始末を我慢して自分ですることを天秤《てんびん》にかけた結果、迷ったが後者を取った。もしこれが動物の死骸なら、誰だって片づけるのは嫌に違いなく、それを管理人夫妻にさせるのは悪い気がしたのだ。さすがにここまで周到にベッドに置かれていれば、偶然入り込んだとは考えにくい。嫌がらせだとしか思えず、ならばますます無関係な管理人夫妻に負担は掛けられなかった。

嫌悪感で体が震えてくるほどだったが、とりあえずベッドからどかさなければ、と勇気を奮い立たせる。いつも持ち歩いている薄手の学習ノートを手に、白い物体に近づいた。

本当に死んでいるのか、手で持ち上げた途端動きだしたりしないか、慎重に見定める。

その段階で、ようやく雅純はそれが作りもののハツカネズミだと気がついた。

強い緊張から一気に解放されて、思わず床にへたり込みそうになった。

尻尾《しっぽ》をつまんで持ち上げてみると、間違いなくおもちゃだった。おもちゃと言っていいのかどうか躊躇《ためら》うほど精巧にできた、可愛さよりリアルさの追求に力を入れた物だったが、本物の死骸でさえなければ、もうなんでもよかった。

「質が悪すぎる」

最低だ、と雅純は思わず呟《つぶや》いていた。

なんのためにこんな嫌がらせをするのか、想像もつかない。理解不能すぎて、しばらく何も考えられなかった。

昼寝をする気など吹き飛んでしまっている。

おもちゃだとわかっても、今すぐもう一度横になる気にはなれなかった。

腹が立ってたまらない。

一言、嵯峨野に文句を言わずにはいられない気持ちが膨らんでくる。黙って何事もなかった振りをして悪戯《いたずら》を仕掛けた犯人に、効果はなかったと知らしめて悔しがらせるのも一興ではあるが、やはり、追及して訳を聞きたかった。やられっぱなしは性に合わない。雅純は見かけによらず気が強くて負けず嫌いだ。プライドも、たぶん高いほうだろう。

結局また着替えることになり、理不尽だと不満を湧かせながら、ここぞとばかりに顔映りのいい綺麗な服を着た。

今はこれが雅純の戦闘服だ。

髪も綺麗に梳《と》かし直して、ドアにきっちりと鍵を掛け、居間に向かった。

＊

少し頭を冷やして落ち着きたくて、雅純は表に出た。

激昂《げきこう》しかけた感情を抑え、何食わぬ顔で晩餐《ばんさん》の席に着くつもりだった。

今時小学生でもしないであろう幼稚な悪戯を仕掛けられ、本人不在の場で陰口を叩《たた》きまくられ、馬鹿にされ、侮られ、皆の悪意に満ちた腹の中を知ったからといって、逃げ帰る気はなかった。一瞬発作的に「こんなところにいられるか」と思ったのは否定しないが、すぐに、尻尾を巻いて逃げることのほうが屈辱で、自分自身を許せなくなると考え直した。

別荘の周囲は山で平地と比べると気温が低く、木々が空を覆うほど生い茂って日陰になった場所はひんやりしていて涼が取れる。とはいえ、真夏の午後三時に帽子も持たずに飛び出してきたのは、いささか無鉄砲だったと早々に後悔するはめになった。

山を下っても麓までの間にはよその別荘しかないとわかっていたので、とりあえず上ってみることにしたのだが、ひょっとすると嵯峨野の別荘より先には何もないのかもしれない。

行けども行けどもアスファルト舗装された車道が続くばかりだ。建造物は見当たらない。擦れ違ったのは上っていく車と下りていく車の二台だけで、どちらも路肩を歩く雅純に物珍しげな視線を投げつつ遠離《とおざか》っていった。それからしても、この先には峠しかなく、峠を越えてからも相当な距離を行かなければ何もないらしいと想像がつく。格式張ったティーパーティーにでもお呼ばれしているような格好で、山道を一人歩いているのは、さぞかし奇異に映っただろう。トレッキングを楽しんでいるようには到底見えなかったに違いない。

見た目よりきつい登り坂は散歩にはまったく適していなかった。

次第に呼吸が乱れだし、拭いても拭いても汗が出る。前髪が額に張り付くたび、指で払いのけた。

それでも半ば意地になって歩き続けたのは、今別荘に戻って嵯峨野をはじめコミュニティのメンバーと顔を合わせたら、冷静でいられる自信がないからだ。

『いいんですかぁ、ほんとに。あの子、オメガはオメガでも自分らとは別世界のお姫様ですよ』

クックッと小馬鹿にしたような含み嗤いと共に、辺りを憚《はばか》らない皮肉っぽい声が聞こえてきて、雅純は思わずドアの数十センチ手前で足を止め、耳を欹《そばだ》たせていた。

雅純が体よく追い払われてからかれこれ四十分ほど経《た》つが、他のメンバーは皆まだ居間にいるようだ。ハツカネズミのおもちゃであくどいからかわれ方をしたことを抗議するべく居間に乗り込もうとしていた雅純は、出鼻を挫《くじ》かれた心地だった。

一度勢いを止められると、再び取り戻すのは容易ではなかった。年上ばかりの集団に、コミュニティの雰囲気や実態をほとんど知らぬまま一人部外者の身分で入ってきた雅純の立ち位置は、これまで経験したことがない心許なさだ。頼れる人も護《まも》ってくれる人もおらず、伯爵家の御曹司、次期侯爵の番になる身ということだけがかろうじて苛めに歯止めを掛けている。雅純がただの富豪の息子程度だったなら、ハツカネズミはおもちゃではなかっただろう。雅純は今や確信していた。

居間の扉は閉まりきっておらず僅かに開いている。だから中の話し声が漏れ聞こえるのだ。中にいる面々はこのことに気づいておらず、皆で雅純の噂話《うわさ》をし、面白おかしく悪口を言い立て、妬み嫉《そね》みに満ちた発言をするにつれ、声の大きさがエスカレートしていった。

体を痛めつけるように坂になった道路を歩き続けながら、雅純は払っても払っても頭から消えない陰口に苛立《いらだ》ち、一言一句明瞭に思い出しては傷つき、恥辱を噛み締めた。

『いいも何も、べつに悪意があってしたわけじゃない。だろう？』

最初に聞こえた軽くてお調子者らしい発言は有田、かけらも悪びれたふうではなく答えたのは嵯峨野だ。もっともらしく詭弁《きべん》を弄《ろう》するのが本当に腹立たしい。声は綺麗なのに言うことは腹黒さでいっぱいだ。この声に少なからず心を動かされ、会ってみたいと思った己の軽率さに唾棄したくなる。

盗み聞きなど行儀の悪い行為だと罪悪感を覚えながらも、雅純はすぐさま踵《きびす》を返すことができなかった。僅かに隙間を作っているドアを思い切りよく開け放ち、聞こえていますよ、と知らせる気概もなく、その場にしばらく立ち竦《すく》んでいた。

『一番狭い部屋しか割り振れなかったのは物理的な事情。ない袖は振れない。あの子はただのゲストでメンバーではないし、年もずっと下、しかもまだ高校生だ。今年十八になっていちおう成人の仲間入りはするが、今はまだ半人前ってことで、優先順位は低いだろ』

『そう、そう。しかも嵯峨野さん、あの子をコミュニティに入れる気なんて端からないでしょ。男オメガの貴族の子なんて俺たち以上の珍獣だから、どんな子か見たかっただけなんですよね、本当のところ』

『ご推察通りだ』

『どうでした？　僕的には想像以上に綺麗で可愛くて、なんなんだこの妖精みたいな子はって驚きましたがね』

『んー、まぁ、アルファなら一目で虜《とりこ》になって、ヒートしてなくてもその気になりそうな色気があるかもな』

『俺、さっきあの子の匂いかいで変な気分になりかけましたよ。こっちもいちおうオメガなんですけどね。なんか付けてるのかってくらい、いい匂いさせてませんでしたか』

『いや、さすがにそれはないだろ。気のせいじゃないのか』

『……ベッドに変なの仕込んだのは、さすがにやばかったんじゃないんですか』

ボソボソとした低い声がかろうじて聞き取れる。

会話が流れるに従い、これは誰の発言だといちいち考えなくなっていた雅純は、初めて聞く声にピクリと反応した。雅純が一緒だったときは結局一度も口を開かず、陰気な顔をしていた柳本に違いない。どうやら柳本は他のメンバーのようには嵯峨野に同調していないようだ。度が過ぎた悪戯を躊躇《ちゅうちょ》するだけの理性は保っているらしい。とはいえ、嵯峨野に面と向かって逆らう気もないようで、たいした抑止力にはなりそうになかった。

『おもちゃだろ。あれは私の発案じゃない。桜野だ』

てっきりあれも嵯峨野の仕業だと思っていたが、なんと桜野だったとは、雅純は意外さに目を瞠り、「えっ」と声を立てそうになるのを寸前で呑み込んだ。自分の隣に座るよう声を掛けてくれて、いろいろ話してくれた桜野が、よりにもよってあんな嫌がらせをするとは。他のメンバーよりは親しみやすいと感じた己があまりにもおめでたすぎて、雅純はショックだった。ちょっと親切にされた気がしただけで心を開きそうになった己が恐ろしい。あらためて、ここにいる人間は誰も信じられないと思い知らされた心地だ。

『それにしても、あの子、騒ぎだしませんね』

『深窓育ちのお嬢さんだから、叫び声も上げずに失神しているのかもな』

『いや、あれでなかなか気が強くて、ちょっとやそっとでは膝を折らないらしいよ』

『気になってたんですけど、嵯峨野さんは、あの子のことどうやって知ったんですか』

『テニスクラブの後輩がこっそり教えてくれたんだよ。そいつ、スポーツ特待生外されて学院続けられなくなったとかで、原因になった仁礼雅純を恨んでるんだと。私がオメガだってこともそいつ知ってて、希少なオメガがいるんですけど、この情報役に立ちますか、って売り込んできたんだ。結構ぼりやがると思ったが、これから就職先探さなきゃならないみたいだったから、まぁいいかと言い値で買ってやった』

『だったら少しは元を取らないと、ですね』

『それでなくたって、あいつみたいなオメガ、むかつきます。仁礼伯爵家って、貴族の中でもトップクラスの名家でしょ。そこに突然変異で生まれて、ベータの振りして名門校に通ってさらに箔《はく》を付けた上、侯爵家の跡継ぎに見初められて卒業後お輿《こし》入れ？　どれだけ贔屓《ひいき》されているんだって話ですよ』

『ここは一つ、知り合いのベータを二、三人呼んでおくべきでしたね』

『はぁ？　おい有田、おまえ何考えてるんだよ。襲わせようとか言い出さないでくれよな。そんなことしたら、どれだけひどい報復されるかわからねぇぞ、この馬鹿！』

『身の破滅だ。嵯峨野さん含めてここにいる全員』

ろくでもないことを思いつきで言い出した有田を、原と吉崎が緊張を孕《はら》んだ声で責める。

『誰か、そろそろお嬢さんの様子を見てきたらどうだ。案外何も気づかずスヤスヤおやすみかもしれないぜ』

『そういや、柳本。おまえさっき電話かけてくると言って出ていったが、そのとき何か物音聞かなかったか』

『いえ。べつに何も』

柳本は木で鼻を括《くく》ったような返事を短くする。

誰かが面白くなさそうにチッと舌打ちするのが聞こえた。それが柳本の態度に対してなのか、それとも雅純が何も反応しないことに対して苛立ったせいなのかはわからなかった。

『よぉし。じゃあ、もう少ししたら俺が見てこよう。あの子、たぶん俺に一番懐いているはずだから俺が行くのが妥当だろう。だが、その前にこれを飲み干させてくれ』

『ゆっくりでいいぞ、桜野。べつに急がない。行くときはマスターキー持っていけ。寝てるなら鍵掛けてるだろうしな』

『寝てたら起こすなよ。そのままにしとけ』

『もしかして、次の仕掛けを用意するつもりか』

『想像に任せる』

『泣き顔、見たいね』

反省の気配もない身勝手な会話が飛び交う。

雅純はいい加減うんざりしてきて、静かにその場を離れた。

思いがけず知ることになった裏事情と悪意の数々に頭の整理が追いつかず、混乱してまともな思考ができない。胸の中では様々な感情が入り混ざって暴れている。まず憤慨すべきなのか、それともがっかりして悲しむべきなのか、信頼を裏切られて人間不信になるのが先か、もう誰も信じないと依怙地《いこじ》になればいいのか。悔しくて泣きたい気もしたが、泣くのは自分に負けることになるようで、雅純のプライドが承知しなかった。

歯を食い縛り、玄関からそっと忍び出て、外の空気を吸い込んだ。

そうしたら、そのままどこかへ歩いていきたい気持ちになって、山の上に向かって足を動かしていた。

かれこれ十五分ほど歩き続けている。

今頃、桜野は部屋に雅純がいないと知って、どこへ行ったのかと嵯峨野たちと騒ぎだしているかもしれない。荷物はそっくり置いたままなので、しばらく待てば戻ってくるだろうと考えるとは思うが、そうなると雅純はますます素直に帰りたくなくなった。意地になっているのが自分でわかる。

幸い日没まではまだまだ時間がある。夕食の時間に間に合うようにはしようと思った。

前方の景色が開けてきて、空の範囲が広がった。峠が近いようだ。

とりあえず峠までは行ってみようと決めて、フウフウ肩を揺らして息をしながら足を運んでいると、やがて右手にちょっとした広場のような場所が現れた。

そこに、見覚えのある青い車が駐《と》まっている。サイドに白いラインが二本入っているのが特徴的で、さっき追い越されたとき覚えていた。

「こんにちは」

車から降りて、突端に設けられた小さな展望スペースにいた男女のカップルが、道路を歩いている雅純に向かって声を張り上げた。

「ねぇ、きみ、せっかくだから景色見てちょっと休んだら。ここからの眺め、いいよ」

雅純自身こういった場所があるのなら一休みしたいと思っていた。ただ、カップルが先にいるのを見て、そんなに広い場所でもないし、割り込むのはあまりにも不粋かと遠慮しかけたときに向こうから勧められたので、ありがたかった。

「こっち、こっち」

女性のほうが特に人懐っこい性格のようで、通りすがりの名前も知らない他人同士にもかかわらず、あたかも以前から知り合いだったかのごとく気さくに接してくる。

手招きされて、いいのかなと恐縮しながら二人の間に立ち、眼下に広がる緑濃い山肌を眺め渡す。わぁ、と自然に感嘆の声が出た。

風が気持ちよく吹きつけてきて、サラサラした髪を靡《なび》かせる。

うねうねとカーブした道路が見える。別荘と思しき建築物が何軒か固まっている場所も確認できた。方角が違うのか、嵯峨野の別荘は確認できなかった。もしくは森に隠れているのかだろう。ときどき車が走っていくことはあっても人らしき姿は認められず、雅純はこのカップルに変わった人だと思われていそうだ。

「どこまで歩くつもりだったの？」

転落防止柵の手摺《てす》りに腕を載せ、ショートヘアの女性が雅純に質問する。二十五、六だろうか。女性にしては背が高く、豊満な体つきをしている。体の線がくっきりと出る、胸元の開いたノースリーブのワンピースを着ているため、どこに視線を向けていいのか戸惑う。身近な女性は母親と小間使いさんたちくらいで、雅純は今ひとつ接し方がわかっていなかった。そもそも母たちとはタイプが違いすぎる。

男のほうは物静かで温厚そうな、どことい って特徴のない人だ。三十前後くらいだろうか。顔立ちは悪くないが、中肉中背で服装も無難な感じで、あまり印象に残らない。

どこまで、と聞かれると雅純は答えに窮した。ここで休んでいる間に、これからどうするか考えるつもりだった。けれど、そんな曖昧な返事では心配されるかもしれない。車しか通らないような何もない道を、高校生くらいの子がとぼとぼと一人で歩いていたら、親切な人や心配性の人は放っておけない気持ちになるだろう。この女性もそんな感じで声を掛けてきたのだと思われた。

「来た道を引き返して、知人の別荘に帰ろうかと。散歩に出ただけなので」

ご心配なく、と続けたかったが、女性が畳みかけるような勢いで言葉を差し挟んできた。

「じゃあ送っていくわ。もう十分散歩は楽しんだでしょう。もう少ししたら曇ってくるわよ。夕方から雨が降るって予報だから」

押し出しの強さに雅純は面食らう。

「いえ、でも、お邪魔しては申し訳ないですから」

迷惑なのではないかと断ろうとすると、彼のほうも遠慮はいらないとばかりに微笑み、一緒に乗っていくよう屈託なく勧めてくる。

「全然邪魔じゃないから、よけいな心配しなくていいよ」

二人がかりでどうぞと言われると断りにくかった。親切を無碍《むげ》にするのは気が退《ひ》ける。車でならせいぜい四、五分の距離だ。もっと早いかもしれない。

迷ううちに女性が言ったとおり空模様が怪しくなってきた。さっきまであんなに晴れていたのに、みるみるうちに灰色がかった雲が増え、太陽が隠れて薄暗くなってきた。山の天気は変わりやすい。これは降るなと、雅純にもわかった。

いつまでも躊躇っているとかえって二人に迷惑をかけそうだったので、雅純は彼らの車に同乗させてもらうことにした。

青い車の後部座席に一人で座る。運転するのは女性のほうで、男性は助手席に乗り込んだ。なんとなく女性のほうが主導権を握っている感じのカップルだと思っていたので、違和感はなかった。男性はおとなしく従って尽くすタイプのようだ。

「きみが言う別荘って、ひょっとして、中腹に一軒あるコンクリート打ちっぱなしの箱みたいなやつ？」

車をギュンとバックさせ、思い切りのいいステアリング捌きであっという間に道路に出しながら女性が聞いてくる。

「は、はい」

予想外に荒っぽい運転の仕方に、背中をシートに打ちつけたかと思うと前のめりになりながら、雅純はやっとのことで返事をする。

「ね、あなたオメガよね？」

続けてさらっと聞かれ、雅純は不意を衝《つ》かれて「えっ」と身を硬くした。

なぜ唐突にそんなことを言い出すのか。いつから察せられていたのか。もしかすると最初からオメガだと踏んで声を掛けてきたのかもしれない。だが、なんのために？　端から拉致するつもりで車に乗せたのだとしたら？　様々な疑惑が一気に噴出し、頭が混乱してくる。

「すみません！　やっぱり僕、歩きます。降ろしてください」

本能的に身の危険を感じて、雅純は叫ぶように言う。

見ず知らずの人間の車に、ちょっとのつもりで乗ってしまった己の迂闊《うかつ》さが悔やまれる。あまりの腑甲斐《ふがい》なさに自嘲するしかない。

「なぁに？　急にどうしたの」

女性は可笑《おか》しそうに笑いながらアクセルを踏み込んだ。さらにスピードが上がる。

「止めてくださいっ！」

雅純は悲鳴に近い声を出していた。

この状況は絶対におかしい。二人が何を言おうともはや信じる気にはなれなかった。

「あーあ。せっかく車に乗せるところまではうまくいったのに、きみがよけいなことを聞くから、この子怯《おび》えて騒ぎだしたじゃないか」

おとなしいと思っていた男まで意味深な笑い方をして言う。雅純を油断させ、気を許させるために、人畜無害な振りをしていたのかと思うと背筋が寒くなる。

これからどんな目に遭わされるのかわからず、今日何度目かわからない絶望に襲われ、雅純は目の前が真っ暗になるようだった。

「そんなこと言ったって、オメガかどうか確かめてから連れていかないと、姉の機嫌が悪くなるじゃない」

「どこからどう見てもオメガだろう、この子。それに、この時期に嵯峨野の別荘に来てるってことは、例のコミュニティの関係者に違いないんだし。なぁ、きみ」

男は首を回して運転席とのシートの間から雅純を見る。

違うと言っても無駄なのは明らかで、雅純は唇を噛み締めた。

「あたしの姉ね、アルファなの。珍しいでしょ。で、せっかくアルファに生まれたんだから、どうしてもオメガの番を持ちたいらしいのよ。それも、できれば男がいいんですって。征服欲が強いのよね」

曲がりくねった山道を、シフトチェンジだけでほとんどブレーキを掛けることなく下りていきながら、女性は悪びれた様子もなく喋りだす。

「だけど、なかなか出会いがないらしくてね。姉も焦っているのよ。いろいろ調べて、最近ようやく男のオメガだけで作っているコミュニティの存在を突き止めたの。毎年あの別荘に集まっていると知って、姉が気に入りそうな若くて綺麗な子がいないかどうか見張ってたのよ。そしたら、あなたが一人で出てきたってわけ」

どうやら嵯峨野たちは無関係らしい。だが、事態は格段に深刻さを増してきた。雅純のことを何も知らない男女に、無理やりアルファの許に連れていかれようとしているのだ。アルファの中には、オメガを底辺に属する種だとみなし、人権などなきに等しい扱いをしても許されると本気で思っている者がいる。実際、大半のオメガは社会的立場が弱く、貧困率も高いので、ひどい扱いを受けても訴えられずに泣き寝入りしていると聞く。嵯峨野の周囲にいる取り巻きのようなあの連中は、おそらくまだましなほうだ。

自分は仁礼伯爵の次男だと言えば、あるいは素直に解放してくれるかもしれない。

だが、雅純はできれば実家の名を出したくなかった。

嵯峨野たちに、同じオメガでもあいつは別格だ、不平等だと不満に思われ、わざわざ集会に招いて苛められるほど嫌われていることに、正直打ちのめされた。学院でも梨羽たちに目の敵にされて絡まれどおしだったが、あれとは事情が違う。本来受け入れてくれるはずの同種から仲間外れにされるのはショックすぎた。居場所がない心許なさ。孤独感。もちろん雅純には、雅純を大切にしてくれる家族がいるし、好きでたまらない番の相手もいる。けれど、仲間がいるという感覚はそれとはまた別のものだ。欲張りなのかもしれないが、雅純はどちらも大事にしたかった。

何かあってからでは遅い、取り返しのつかない事態になりかねない。頭ではわかっているが、コミュニティのメンバーたちの口から本音を聞いてしまった今、雅純は少なからず頑になっていた。生まれは生まれ、自分は自分だ。雅純自身に至らないところがあって嫌われるなら仕方がないが、恵まれた環境に生まれ、何不自由なく育ったからあいつは違う、と逆差別を受けるのは理不尽すぎる。

これが最初から雅純を狙っていたわけではなく、たまたま一人で外に出たから雅純が拉致されたのだとすれば、他の誰かが同じ目に遭った可能性もある。こうして無理やり車に乗せられたら、他の誰かならどうするのか。きっと自力でどうにかするしかないだろう。ならば雅純も、最初から親の権威を笠《かさ》に着るのではなく、できる限り自分でなんとかしたかった。同じ土俵に立たなければ、いつまで経っても理解してもらえない気がするのだ。

「あの。アルファのお姉さんにはわかると思いますけど、僕にはすでに番の契約を交わした相手がいます」

雅純は冷静になれと己に言い聞かせ、説明すれば無駄だとわかってもらえるかもしれないと望みを賭けた。

「そうなの？　でも、姉からはそこ確認して連れてこいって言われてないわ」

あっけらかんと返され、雅純は二の句が継げなくなった。

「問題ないんだろう、べつに。番の契約ってアルファからしか解除できないと聞いてるけど、きみに危害を加えると脅したら、きみのお相手はきみのためにやむなく言うとおりにするんじゃないかな。残酷な話だけど、お姉さんはきみに自分の子を産ませたいだけなんだから、指が何本か失くても、なんなら脚が片方潰れていてもかまわないはずだよ。きみは賢そうだから、僕の言う意味わかるよね？」

これはだめだ。どうやら彼らはいわゆるカタギではないようだ。

雅純は全身に怖気《おぞけ》を走らせ、いよいよ追い詰められた心地になって拳を握り締めた。そうなると、ますます伯爵家の名は出さないほうがいい気がしてきた。出したが最後、雅純を餌に脅迫して絞り尽くそうとするかもしれない。

どうにかして逃げなくては、と覚悟を決める。

嵯峨野の別荘はとうに過ぎていた。

麓に近づけば近づくほど別荘の数は増えていき、前方と対向車線に車が現れた。信号機も見えてくる。駅はまだ数キロ先で、民家の集落など影も形もない、ただ道路が交差しているだけの場所だったが、前の車がブレーキを踏んで停止線で停《と》まったため、雅純を乗せた車も後ろで停まらざるを得なかった。

走り出して初めてここに来て停まる。

今だ。逃げろ！

頭の中に祥久の声が響いた気がした。まるですぐ傍で促されたような力強さ、明瞭さだった。

ひょっとして近くにいるのか、と雅純はハッとして、思わず周囲を見回していた。

対向車線に同じく信号で停車したシルバーグレーの普通乗用車がいて、視線が釘付《くぎづ》けになる。

あれは——侯爵家の車……？

にわかには信じ難いが、ラジエーターグリルの中央に取り付けられたエンブレムは間違いなく侯爵家の紋章だ。見慣れた黒塗りの高級車とはまるで雰囲気が異なるが、この田舎の別荘地にはこのほうが馴染んでいる。

にわかに勇気が湧いてきた。

助かる目がはっきりと見えた気がして、全身に力が漲《みなぎ》りだす。先ほど聞こえた声なき声は偶然ではない。祥久がすぐ傍まで来ているのだ。ひょっとすると、あの車に乗っているのではないかと本能的に感じられ、迷いが消えた。

女性が減速しだした時点で、雅純は対向車線側の後部ドアのロックを手動で解除した。連れの男性が雅純の隣でなく助手席に座ってくれて幸いだった。車に乗り込んだときに、彼も後ろに乗ってきたら、さすがに雅純もおかしいと感じて警戒しただろう。女性がキーを挿す前に、やっぱりいいですと断って降りていたと思う。

車が完全に停まる前に雅純はインナーハンドルを引き起こし、ドアを開けていた。

「アッ、おいっ！　何をする気だ！　クソッ……！」

助手席の男がギョッとした様子で怒声を上げ、しくじったとばかりに舌打ちするのが聞こえたが、雅純は気を取られることなく一瞬も動きを止めなかった。

かなり減速していたとはいえ、まだ動いている車から降りるのは多大な勇気が必要だった。そのとき雅純の頭に浮かんだのは、梨羽に追い詰められて、二階のバルコニーの手摺りから隣室のバルコニーまで飛んだときのことだ。

まさにあのときと同じくらいの緊張と覚悟だった。

今度もきっと祥久が助けてくれる。車から出さえすれば、あとはきっとなんとかなる。

「祥久――っ」

僕を守ってくれ、と念じながら、雅純は肩でドアを押して全体重を掛け、転げ落ちる形で脱出した。もしかすると後輪に巻き込まれるかもしれないという恐怖も、アスファルトの地面に全身を打ちつける恐ろしさも、飛び出したと同時に消えていた。

「雅純っ！」

祥久の叫ぶ声が聞こえる。

幻聴ではなかった。頭の中で聞いたのと同じ声が、今度ははっきりと耳朶《じだ》を打つ。

ドアから出たときの勢いでアスファルトの硬い路面に落ちてもそこで止まらず、路肩の草むらまで転がされた。

猛然とダッシュして走り寄ってきた人が、傍らに膝を突き、俯《うつぶ》せに倒れた雅純の横顔を覗《のぞ》き込む。目を瞑《つむ》ったままでも雅純にはそれが祥久だとわかった。

「大丈夫か！」

心配し、気を揉《も》み、居ても立ってもいられなくなって自ら雅純を迎えにきた祥久に、またしても助けられた。

ああ、もうこれは、誰が邪魔しようとしても引き裂けない絆で結ばれているとしか考えられない。雅純は天の意志を感じながら、ゆっくりと瞼《まぶた》を開け、間近に寄せられた祥久の顔を見た。

「雅純」

精悍《せいかん》な男前がくしゃっと歪《ゆが》む。

腹の底から激しい衝動が突き上げ、雅純は夢中で祥久に抱きついた。両腕を首に回してしがみつく。

頭を打っていないか、動かしても問題ないのかと、抱え起こすのを躊躇っている様子だった祥久が、ビクともせずに雅純を受け止め、ぎゅうっと渾身《こんしん》の力で抱き締める。

どんなときにも理性的で優しい運命の番が愛《いと》おしすぎて、雅純は逞《たくま》しい胸板に縋《すが》って子供のようにわんわん泣いていた。

「怖かった。怖かった」

「もう大丈夫だ」

恥も外聞もなく道端で泣きじゃくる雅純の頭を、祥久の大きく温かな手がぐしゃぐしゃに撫《な》で回す。嗚咽《おえつ》を上げるたびに上下する肩も、背中も、繰り返し撫で擦《さす》ってくれた。

頭頂部に何度もキスを落とされ、顎を擡《もた》げてぐしょぐしょに濡《ぬ》れて赤らんだ顔にも余すところなくキスの雨を降らされる。

「あの車にきみが乗っているとすぐにわかった。なぜかは知らない。自分でも本当に不思議な感覚だ。番というのは、そういう奇跡を生むものなのかもしれないな」

「ごめんなさい、ごめんなさい」

「何が？　謝らなくてもいいだろう。きみは悪くない」

きみは悪くない。

それは呪文の言葉のように雅純の心を癒し、限界まで張り詰めさせていた神経の糸を緩ませ、安堵のうちに意識を手放させた。

「祥久様」

祥久の腕の中で気を失う寸前に、頃合いを見計らっていたように近づいてくる人物の気配がして、よく知っている男の声を耳にした。

年上の同級生、嘉瀬真路《かせまさみち》だ。

彼まで来てくれていたのかと知って、醜態を見られた恥ずかしさに狼狽《うろた》える。

それを最後に雅純は何も知覚できなくなり、次に目覚めたときには、伯爵家の別邸の自分のベッドに寝かされていた。

＊

着替えてテラスから外に出てみると、主庭のボーダー花壇に沿って小道を散歩している小鷹《こだか》の姿があった。距離はそんなに離れておらず、練二《れんじ》のほうも雅純にすぐ気がついて、笑顔を向けてきた。

「もう体は大丈夫なのかい」

「はい」

雅純は返事をして石段をゆっくりと下りだした。

怪我《けが》をするのは免れない覚悟で車から転がり落ちたが、幸いにも雅純は擦り傷と打ち身程度の軽傷ですんだらしい。多少体は痛むものの、起き上がって歩くのは問題なく、部屋着に着替えるとき鏡に全身を映しても、目を背けたくなるような有り様ではなかった。運がよかったと心の底から感謝する。

「丸一日近く眠っていたんですね、僕」

テラスの下まで来てくれた練二と芝生を歩いて四阿《あずまや》の方へ向かいながら、雅純はその後の経緯をはっきりさせたくて聞いた。

練二と話すのは最初に会ったとき以来だが、彼の醸し出す雰囲気が友好的で親しみやすいせいか、間が保《も》たなくて気まずくなりそうだというような心地悪さは感じなかった。喋りたくなければ黙っていてもかまわないといったおおらかさが練二との間にはあって、一緒にいて楽だった。

こんなことになったので、客人として滞在中の高範《たかのり》の学友たちにも雅純が実はオメガだということは隠しておけなかっただろう。

おそるおそる「……僕のこと、ご存じですか」と確かめると、練二は誠実なまなざしで雅純を見て、ごまかさずに頷《うなず》いた。

「大変な目に遭ったね。きみが担ぎ込まれてきたときには俺たち皆、本当に驚いた。お父上は特にご自身を責めていらしたよ。やはり行かせるべきではなかった。そんな必要はないと反対すべきだったと」

「父は今どこにいるかご存じですか」

「夫人と一緒に大事な用事でお出掛け中だよ」

　そこで練二は、すっと一つ息を吸い、雅純の反応を気に掛けるようにしながら続けた。

「藤堂《とうどう》祥久氏も同じだ。実は、つい三十分ほど前まで祥久さんはきみの枕元にずっといらしたんだ」

　えっ、と雅純は目を瞠る。

「祥久さんはきみを気に掛けながらも、前々からのご予定通り宮家に出向かれた。本来なら侯爵とご一緒に赴かれて、あちらで伯爵夫妻と同席されるはずだったが、こちらにおいでだったので伯爵夫妻のお車に同乗して行かれた。侯爵はお一人で向かわれたようだ」

「そうだったんですか」

　できれば目が覚めたとき一番に祥久の顔を見たかった。ほぼ擦れ違いだったと聞くと悔しさもひとしおだ。残念ではあるが、宮家ご訪問という、変更などできるはずがない一大事が控えていたにもかかわらず、時間の許す限り寝顔を見守ってくれていたと知って、ありがたさで胸がいっぱいになった。無理をさせたのではないかと申し訳ない気持ちにもなる。

「祥久さんは本当にきみを愛しているんだなと、見ているだけで伝わってきて、俺たち皆感動したよ。こっちまで幸せな気持ちになる。高範くんも羨ましいと漏らしていた」

「兄がそんなことを？」

「ああ。自分はまだそういう相手と、運命の番と出会えていない、ってね」

「兄なら、その気になればどんな素敵な人とでも一緒になれそうな気がするんですけど、運命の番って出会いそのものが運なのかも……と思えてきました」

無骨で、恋愛沙汰にはあまり免疫がなさそうな硬派な印象がある練二とこんな話をするのは少し面映《おもは》ゆかったが、今雅純は祥久のことしか考えられず、他に話題を振れなかった。練二の優しさと誠実さに甘えていると思いつつ、はにかみながら言葉を重ねる。

「僕はどうしようもない世間知らずで、プライドだけ高くて一人では何もできない未熟者ですけど、彼が番の相手で本当によかった。恵まれているとあらためて思い知りました」

コミュニティのメンバーには、一人だけ優遇されすぎていて嫉ましいと疎んじられ、爪弾《つまはじ》きにされたが、それも仕方がない気がしてくる。

「仲間が欲しくて、よく実態を知りもしない集まりに軽い気持ちで顔を出して、自分の甘さに手痛いしっぺ返しを喰《く》らわされましたけど、いい勉強になりました。父にもそう言います。人の心の闇に注意を払えと、ちゃんと忠告を受けていたんです。父は悪くありません」

「きみがしっかりしているのが、俺はすごく嬉《うれ》しいよ」

練二は感心したような目をして雅純をひたと見据える。

「俺も、もっとはっきりきみに言えばよかったと後悔していた」

「……なんの話ですか」

雅純は首を傾げた。

涼を運ぶ気持ちのいい高原の風が吹いてきて、雅純の髪をサラサラと攫《さら》っていく。靡く髪を手で押さえ、上背のある練二をふと見上げたとき、今まで気づかなかったムスクのような香りが鼻腔《びこう》を擽《くすぐ》り、ハッとした。

「わかった？」

雅純の驚いた顔を見て、練二が照れくさそうに目を瞬かせる。

大柄でがっちりとした体軀《たいく》をしているから、想像もしなかった。

「練二さんも……そう、なんですか」

「ああ。見えないだろう？　けど、正真正銘、俺もきみと同じだ」

「気がつきませんでした」

雅純は正直に言う。

「高範さんは知ってるよ。たぶんだけど。だから、今年俺をここに招いてくれたんだと思う。きみと引き合わされて確信した。けれど、きみもまだオメガだってことを伏せているようだったから、どう切り出せばいいか悩んでしまって。そのせいできみが嵯峨野のコミュニティに行く気になったのだとしたら、本当に悪いことをしたと悔やんでいる」

「嵯峨野さんに裏の顔があること、ご存じでしたか」

「いや。知らなかった。俺はずっとバスケットボールをやっていて、テニスクラブに仲のいいやつもいなかったから。でも、祥久さんはよくない評判を小耳に挟んでいらしたようだよ」

祥久は二年近く学院の用務員をしていた。その間に何か、格下だと見なした相手に対してだけ取る態度や、性格の悪さを垣間見る機会があったのかもしれない。誰もいないと思って不穏な内緒話をしているところに、たまたま居合わせた可能性もなきにしもあらずだ。聞けば祥久自身が教えてくれるだろう。

「祥久さんに僕が集会に参加するために出掛けたことを知らせたのは、父なんでしょうか」

「彼はきみの婚約者だから、当然知らせただろうね」

嵯峨野の本性を知っていたから、不穏な予感を抱いて迎えにきてくれたようだ。

そして、あそこで偶然行き合わせた。

「不思議なんですが、逃げないと、と意を固めたとき、彼の声が頭に響いたんです。ふと近くを見回したら、侯爵家の車が向かいに停まっていた。向こうは僕が青い車に乗せられているなんて知ってるはずもないのに、なんとなく、お互い相手がそこにいるって……本能でわかった気がするんです。祥久さんも同じようなことを言っていました」

雅純自身、よくわからずに思ったままを打ち明けただけだったのだが、練二は至極真面目な顔をして深く頷いた。

「それこそが運命の番なんじゃないかな」

やはり練二もまたそう思うようだ。

「羨ましいよ」

そして、目を細め、囁《ささや》くように言ったのだ。

「あの。練二さん。……これからも、お話しさせてもらっていいですか」

探していたなんでも話せる同種の仲間は、実はこんな身近にいた。雅純は引き合わせてくれた兄に感謝しながら、練二に遠慮がちにお願いした。

「もちろんだよ」

練二は雅純からあらたまって言われて、かえって驚いたようだ。

「こちらこそ、よろしく」

練二が大きくて頼りがいのありそうな手を差し出してくる。

雅純はその手をしっかりと握り、「よろしくお願いします」と頭を下げた。

4

八月中旬の吉日、雅純は宮家主催の『盛夏の宴』で今年十八歳を迎える貴族の子弟たち十数人と共に社交界にデビューした。

この日の宴《うたげ》では、かつてないほどいくつものお披露目が行われ、最初から最後まで興奮が途切れず、華やかかつめでたい雰囲気だった。

中でも一番のどよめきは、藤堂侯爵家と仁礼伯爵家の両家によって、祥久と雅純の婚約が発表されたとき湧き起こった。それからすると、侯爵に隠し子がいて、このたび晴れて跡継ぎとして御前庁に認められたという報告も、雅純が実はオメガで、同じく御前庁に性種の訂正を届け出たとの報告も、いちおうの感嘆と驚きですまされたと言っても過言ではなかった。

「やっぱりね。雅純さんはそうかもしれないと思っていたわ。お綺麗すぎるもの。殿方にしては華奢《きゃしゃ》でいらっしゃるし」

「祥久様のことは以前から知る人ぞ知る秘密でしたし」

感想は他にも様々出たと思われるが、最終的には概ねこの二つに落ち着いていた。

だが、さすがにアルファとオメガの男同士で正式に結婚の約束をしたことは皆を驚かせたようだ。式は雅純の高校卒業を待って挙げる予定、との発表に、祥久もまだ跡継ぎ教育を受けている真っ最中の身で、そんなに急がなくても、と思う向きもあったかもしれない。

それでも大半の人々は、その夜発表された中で一番おめでたい事柄だとして、大盛り上がりだった。

宮殿に入ったときには黒だった燕尾服《えんびふく》を、雅純も祥久も婚約発表前に白い燕尾服に着替えて臨んだので、結婚式を彷彿《ほうふつ》とさせる印象が大いに強まったこともあっただろう。このアイデアは高範から出されたもので、いっそ問答無用に幸せ感を見せつけたほうが、何かにつけて文句を言いたがる連中も、周囲の祝賀ムードに押されて黙るだろうとアドバイスされたのだ。高範の読みどおりになった。

祥久は宴会の間ずっと雅純の隣を離れなかった。

「仲睦《なかむつ》まじいわねぇ」

「初々しくて可愛いじゃありませんか。見ているだけでこちらまで幸せな気持ちになるわ」

「やっぱり侯爵様のお若い頃に似ていらっしゃるわね、祥久さん」

「うん、似ているね。少し前まで普通に働いていたとは思えないほど威風堂々としていて、血は争えないなぁ」

「お二人、学院で出会われたそうよ。小説みたい」

大広間中どこへ行っても二人の噂話で持ちきりだ。

宴に集った貴族はおよそ三百人、成人している貴族家の者ほぼすべてが顔を出している。もしかすると梨羽も来るのではと雅純は少し身構えていたが、彼の姿は見かけなかった。貴族以外にも数百名、企業のトップや政治家、芸術家などが来場しており、とても全員と接することはできないので、来ていてもわからなかった可能性はある。

代わりに、雅純は意外な人物と顔を合わせた。

飲みものをサーブして回っている若い給仕を見たとき、あっ、と声を上げてしまった。

嵯峨野の別荘で会った柳本だ。始終陰気な顔つきで、ほとんど口を開かなかった、メンバーの中では一番若かった青年だ。髪を上げて固め、お仕着せの給仕服を着ており、印象がずいぶん違っていたが、すぐにわかった。

柳本は雅純を見て、あからさまに嫌そうな顔をする。会いたくなかった、と渋面に書いてあるようだった。雅純も複雑な心境で、つい声を立てたことを後悔した。雅純も二度とコミュニティのメンバーと関わる気はなかったのだ。今日ここに嵯峨野が来ていたとしても、完全に無視するつもりでいた。しかし、よもや、あのときのメンバーが給仕の中にいるとは想像しておらず、完全に不意打ちに遭った気持ちだ。

「こちらは？」

祥久に聞かれ、雅純はどう説明するか躊躇った。

雅純の様子を見て、祥久は何か思い当たることがあったようだ。

「人違いでしたら申し訳ないが、ひょっとして、柳本さんではありませんか？」

「……そうですが」

祥久が柳本を知っていたことに雅純は驚いた。いったい……と祥久を見る。祥久は雅純の背中をポンと軽く叩いて、心配ないよ、という表情をする。

「あのときは、雅純が置きっぱなしにしていった荷物を送ってくれてありがとう。事情を聞き取り調査した秘書から報告を受けました。あなたは嵯峨野の言いなりにならず、苛めにも加担せずにいてくれたそうですね」

「べつに」

柳本はあくまでもそっけなく、ぶっきらぼうで、祥久が頭を下げても迷惑そうにするだけだ。だが、雅純にも今は柳本のそんな態度がむしろ正直さゆえ、不器用さから来るものなのだろうと思え、嫌な気持ちにはならなかった。

「もしかして、あのとき居間のドアが少し開いたままになっていたのは……あなたがわざとちゃんと閉めなかったから？」

今さらながらに思い出して聞いてみる。

電話をかけるために居間を出た、という話を誰かとしていたのを、ふとドアの件と結び付ける考えが浮かんだのだ。

柳本は気まずげにそっぽを向き、低い声でボソボソと答えた。

「正体教えてやったら、とっとと帰るんじゃないかと思ったんだ。泊まったりすれば何が起きるかわからない。世間知らずのお坊ちゃんには、皆の話を聞かせるのが手っ取り早いと思った。けど、あんなことになって、悪かったと思ってる」

「あなたのせいじゃない」

雅純はきっぱり言って、さらに言葉を足した。

「ありがとう」

柳本の横顔がはっきりとわかるほど赤くなる。

「……も、もういいですか。失礼します」

柳本は逃げるように行ってしまい、人混みに紛れて見えなくなった。

「雅純、きみには味方がいる。いつでも、どこにでも」

「わかります。僕も、本当にそのとおりだなと嚙み締めています」

「一番は俺だということ、忘れないでくれ」

窓辺に歩み寄り、雅純は祥久と正面から向き合った。

しっとりとした色気のある声が雅純の全身を熱く疼《うず》かせる。

長い指で頰を撫でられ、顎に手を掛けて上向かされ、人目も憚《はばか》らず唇を塞がれた。

ざわ、と近くにいた人々がざわめくのがわかったが、祥久は大胆に雅純は自分の番だと主張するかのごとくキスを続ける。

舌を搦め捕《と》られて強く吸われ、脳髄がくらりとした。

「……も、だめ。ここでは、やめて」

雅純は顔はもとより耳朶から首筋まで火照らせ、喘《あえ》ぐような息を洩らしながら哀願する。

「ヒートはまだ先のはずなのに。体が、なんだかおかしくなってきてる……」

ああ、と祥久にも雅純の予期せぬヒートの早まりがわかるらしく、欲情し始めた目でひたと見据えられた。

「ここでだめなら、どこでならいいんだ？」

「ベッド……」

「わかった」

祥久はドキリと胸が震えるほど色香の滴る顔をして、雅純の額に額をくっつけてきた。

「そろそろ宴もお開きになる頃合いだ。一足先に抜けても許されると思うのだが、きみを攫っていいか」

「えっ。でも、待って。……もう少しだけ、待てないの？　ここがどこだかわかってる？」

雅純はいちおう抵抗してみた。

「悪いが、待てない」

祥久の一言が雅純の腰にくる。

あっ、と雅純は唇を嚙み締め、咄嗟《とっさ》に顔を背けた。

熱いものが奥から零《こぼ》れ落ちてきて、下着を濡らしたのがわかった。

これはもう間違いない。ヒートだ。祥久と一緒にいて体が反応している。

「……あ」

「心配ない。俺がいる。きみのことは全部俺がわかる。任せてくれればいい」

その場で祥久に軽々と横抱きにされた。

わああ、とまた周囲が湧く。今度はずっと広い範囲から注目を浴びており、雅純は祥久の肩に顔を埋めて羞《は》じらった。皆、これから祥久が雅純をどこへ連れていき、何をするのか想像がついているのだ。

お姫様のように横抱きにされたまま大広間を後にする。

隣の控えの間で高範と練二に会い、「後のことはこちらで引き受ける」と二人が請け合うのを、雅純は苦しいほど欲情し始めて朦朧《もうろう》とする中、耳にした。

待機していた侯爵家の車に乗せられる。

ほとんど揺れのない走りをされても雅純には僅かな刺激が何倍にもなって感じられ、とうてい平静でいられなくなった。

オメガの雅純が欲情すれば、アルファの祥久も理性を保つことなど不可能だ。

後部座席がサロンになったリムジンの中で、祥久は待ちきれなくなったように雅純を裸にし、剝《む》き出しになった尻を突き出させて背後から繋がってきた。

「アアッ、う……、あっ、んっ……！」

ずぷっと突き立てられた肉棒を雅純は嬌声《きょうせい》を上げて呑み込み、淫らに腰を揺すって悶《もだ》えた。濡れそぼった内壁を抉《えぐ》り、擦られ、ズズズッと竿《さお》を進められる。

自ら濡れる後孔ははしたなく、貪婪《どんらん》で、奥へ奥へと祥久を取り込もうとする。

「……っ、そんなに引き絞ったら、すぐにイってしまうぞ」

「ご、めんなさい……っ」

でも腰の揺れが止まらない、と雅純は羞恥にまみれながら喘ぎ、荒くなった息に呼応して後孔を収縮させた。

ズン、と祥久が腰を突き上げる。

「はうっ、あああっ！」

根元まで収めた陰茎を中で小刻みに動かしながら、祥久はまだ脱がされていなかった雅純のピンタックシャツに裾から手を入れ、胸に手のひらを這《は》わせてきた。

汗でしっとりとした肌を堪能《たんのう》するように撫で回され、感じてビクビクと上体を震わせる。

下半身はすべて脱がされ、上半身はシャツ一枚という姿で、毛足の長い絨毯《じゅうたん》を敷いた床に手を突かされ、祥久を受け入れて歓喜に喘いでいる自分を想像すると、羞恥でどうにかなりそうだ。けれど、それも祥久に腰のものを抜き差しされ、官能に満ちた痺《しび》れが全身を駆け巡りだすと、悦楽を追うことしか考えられなくなる。

突き上げられるたびに前にずれる体を、腰を摑んで引き戻され、また突き上げられる。

あとからあとから溢れてくる愛液が後孔から滴り落ちて、濃厚なヒート時のオメガが発散する匂いを撒《ま》き散らす。

「ふ……っ、すごいな」

雅純が昂奮して体を熱くし、全身を汗ばませればするほど、祥久の性欲を刺激し、性器をガチガチに張り詰めさせる。

太く硬く膨らんだ棍棒《こんぼう》のような陰茎で最奥を繰り返し抉られ、雅純は悶絶《もんぜつ》した。

「ああ、だめだ。今夜のきみは……今まで以上に、すごい」

祥久は雅純の腰を両手でガッチリとホールドすると、精液を放出させるまで抽挿し続ける。

「アアアッ、だめっ、だめ、激しいっ！　壊れるっ」

ジュプジュプと猥《みだ》りがわしい水音を車内に響かせながら、立て続けに抜き差しされ、内壁を荒々しく擦り立てられ、雅純は悲鳴を上げて泣きだした。

「悪い。セーブできない」

深々と根元まで突き戻された陰茎がドクンと猛々《たけだけ》しく脈打つ。

夥《おびただ》しい量の精液を奥に振りまかれたのがわかり、雅純は胴震いした。

唇の端からだらりと唾液が糸を引いて流れ落ちる。

「あ、あ……あぁ、ん……」

「雅純」

達して少し柔らかくなった陰茎を抜かないまま、逞しい腕で抱え起こされ、雅純はひいっ、と啜《すす》り泣きした。

「可愛い。愛してる」

唾液で濡れた口を塞がれ、絡めた舌を美味《おい》しそうに吸い尽くされる。

シートに座り直した祥久の膝の上に向かい合う格好で座らされ、ピンタックシャツも頭から脱がされた。

凝《しこ》った乳首は赤くなって物欲しげに突き出している。

祥久はそれを指と口とで丹念に弄《いじ》りだした。

啄《ついば》まれ、舌先で弾いて嬲《なぶ》られ、吸引される。もう一方は、指で捏《こ》ね回され、引っ張られ、磨《す》り潰すようにして弄《もてあそ》ばれた。

「はっ、う、ううっ」

感じて気持ちよさに喘ぐうち、後孔を貫く陰茎が徐々にまた力を持ち始めてくる。

「……待って。まだ、だめ」

このままもう一度抽挿されると、自分がどうなってしまうかわからない怖さがあった。

「じゃあ、きみも先にこっちで達くか？」

祥久の指が雅純の股間で屹立《きつりつ》している小振りな陰茎を摑む。

雅純はう、と喘いで顎を仰け反《のぞ》らせた。

「そんな顔するんじゃないよ。ヒートしたきみを相手にする俺は獣だから」

「獣でもいい。好き。好き」

陰茎よりも後孔で祥久を感じるほうが性欲を煽《あお》られ、雅純は睫毛《まつげ》を震わせながらもぞもぞと腰を動かした。

「いやらしいな」

祥久は雅純の耳朶を甘噛みする。

「そんなきみが大好きだ。孕ませたくなる」

オメガを妊娠させたいと思うのはアルファの本能だ。

肌と肌とを密着させて、体の一部を繋げて抱き合うと、深く愛されていることが伝わってくる。雅純は祥久の肩に両手を掛けて、こくんと頷いた。

「いいよ。赤ちゃん……作っても」

祥久は雅純の腰を抱えて浮かせると、半分抜いた陰茎の上に降ろす。

「ああっ、あっ！」

自重でじわじわと祥久の陰茎を奥まで入れ直されて、雅純は気持ちよさに噎《むせ》び泣く。

侯爵邸に着く前に雅純は二度中で精を受け、それからベッドで三日三晩挑まれた。

ヒートのときのオメガはセックスのことしか考えられなくなる。

食事もベッドで祥久に食べさせてもらわなければ、自分からは食べる気力もなかった。

「愛してる」

何度祥久に言われたかわからない。

幸せだった。

＊＊＊

生涯忘れられない出来事がたくさんあった夏季休暇が終わり、雅純は不安と気まずさと面映ゆさを抱え、緊張して学院に戻った。

オメガであることと、藤堂侯爵家の跡取りと婚約していることは、当然知れ渡っているはずだ。宮家主催の宴に招待されていた家の子弟がここには何人も在籍している。

果たしてどんな目で見られるのか。態度を豹変《ひょうへん》させて接してくる者も多かろう。それでも毅《き》然《ぜん》としていられるだろうか。普段は気丈な雅純も、こうした状況は初めてで、考えれば考えるほど心許なさでいっぱいになる。

重い足取りで寮の玄関を潜《くぐ》ると、ホールに居合わせた馴染みの顔ぶれが「わっ」と歓声を上げて雅純の許に集まってきた。

「仁礼先輩！　このたびはおめでとうございます」

「おめでとうございます！」

「おい、仁礼。婚約者とめちゃくちゃ仲睦まじそうだったと宴に出ていた親から聞いたぞ」

後輩からも同学年の学友からも、口々に祝福されて、握手攻めに遭う。

「……きみたち」

想像していたのとはまるで違う対応に、雅純はまごついてしまった。

中にはおめでとうと言ってくれる者もいるだろうと思ってはいたが、それより断然、好奇の目で見られたり、陰口を叩かれたりといった反応が多かろうと覚悟していた。

どうやらそれは杞憂《きゆう》だったようだ。

嬉しさと安堵で雅純は胸の内から込み上げてくる感情を持て余し気味だった。油断すると涙腺が緩みそうになるのを堪えるのにかまけて、うまく笑えない。気の利いた返事もできず、握手に応じるのが精一杯の雅純を、皆はきっと相変わらず取り澄ましていると思っただろう。それでも、ちゃんと仲間だと思ってもらっていたのだとひしひし感じられ、感謝の気持ちでいっぱいだった。

「お疲れさま」

頃合いを見ていたらしい真路が、同級生として雅純に声を掛けてくる。

「きみもまだ学生を続けるの？」

「危なっかしいところのある婚約者さんを陰ながら見守るのも役割のうちだから」

真路はニコッと笑って、チクリと痛いところを突いてくる。

「うん……よろしく」

なんのかんのと言ってもやっぱり自分は世間知らずで、まだまだ未熟だと認めざるを得なかったので、雅純は素直に真路を頼ろうと思う。そのほうが祥久も安心するだろう。

学院内での雅純の扱いは、意外なほどこれまでと変わらなかった。

元々体が丈夫でないことにしてあったので、体育は見学することが多かったし、寮の部屋も個室だ。学院内で唯《ただ》一人のオメガだとわかっても、あらためて配慮してもらわねばならないことはそれほどなかった。ヒートが来れば授業は休んでいいと言われたことくらいだ。外泊の許可も出る。薬で抑えるより番の相手と過ごすのを推奨されていた。

祥久とは三日に一度くらいの間隔で連絡を取っている。雅純から電話をかける形だ。

「本当は昨日あたりからのはずだったんだけど、今回は少し遅くなるみたい」

ヒートが来れば、寮の近くにある侯爵家の別邸で会うことになっているが、やはり雅純の体は若いせいか生理的に不順で、早まったり遅れたりが多い。ヒート自体は苦しい部分もあるので、手放しで喜べはしないのだが、こういうときでないと祥久と気安く会えない環境なので、待ち遠しい気持ちのほうが今は強かった。

『俺のほうはきみに合わせられるから問題ない』

「うん。……でも、会いたい。すごく」

『そんな声を聞かされたら、今すぐ攫いに行きたくなるだろう』

いっそのこと、もうそれでもいいと、ちらと思ったが、せめて高校まではきちんと卒業しなければと己に言い聞かせ、我慢する。

授業中に突然目眩《めまい》がして倒れ、医務室に運ばれたのは、それから二日ほどしてだった。意識はあったが、ひどい吐き気に襲われ、戻してしまった。

「妊娠しているみたいだね」

校医の診断に、雅純は、これはもしかしてと自分でも疑ってはいたものの、すぐには反応できなかった。

まさか、という気持ちだ。

嬉しさと戸惑いがいっぺんに襲ってくる。なにしろ心の準備ができていない。祥久はどう思うだろうかと、それも気になった。両親や高範もびっくりするだろう。

連絡を受けた両親と高範、祥久が、その日のうちに駆けつける。

「なんとなく、そんな予感がしていたよ。おめでとう」

高範は落ち着き払って言うと、突然の朗報に興奮気味の両親を連れ出して、雅純を祥久と二人きりにしてくれた。

「なんというか、とても嬉しいんだが、きみには悪いことをしたようで申し訳ない」

二人きりになったとき、祥久は雅純の顔をしっかりと見つめ、決意を新たにしたような頼もしい表情をする。

雅純はまだ実感のない腹に手を当て、きっぱりと言う。

「申し訳なくなんかない。赤ちゃんできてもいいと思ってた。僕はすごく嬉しい」

言葉にすることで、雅純は親になるのだという自覚を強くする。

雅純の迷いのない言葉を聞いて、祥久もよけいな気の遣い方をするのはよそうと思ったようだ。真剣な目をして深く頷く。

「ありがとう。これから大変だと思うが、俺もできる限りフォローする。予定より早くなってしまうが、式を挙げよう。生まれるまでできるだけきみの傍にいたい」

祥久の熱い言葉に胸を打たれる。

雅純は「はい」とはにかんで承諾し、まだ平たいままの腹部をそっと手のひらで撫でた。その手の上に祥久が自分の手を重ねてくる。

ベッドに入って上体だけ起こしていた雅純が顔を上げて祥久を振り仰いだのと、祥久が顔を近づけてきたのが同時だった。

唇を優しく啄まれる。

心地よさにうっとりした。


雅純は九月いっぱいで高校を中退し、翌年の五月、無事に男の子を産んだ。

「産んでくれて、ありがとう」

祥久は眠っている赤ん坊をぎこちない手つきで抱き上げ、雅純の枕元に寄ると、横になった

ままの雅純に深々と頭を下げる。

「名前、どうする?」

赤ん坊のふくふくした頬にそっと指で触れながら、雅純は祥久に聞いた。

今はもう、ただ、この子が元気に育ってくれたらいいという願いがあるだけだ。顔を見るだけで出産までの苦労が吹き飛び、幸せな気持ちになる。

「きみといろいろ考えた中で、最後まで悩んだんだが、『悠真《ゆうま》』はどうだろう」

「悠真。うん。いいと思うよ」

雅純は噛み締めるように名を呼び、祥久に手を差し出した。

祥久が雅純の手をしっかりと握りしめる。

悠真が成長し、雅純も在籍した学院に入学して彼の運命と出会うのは、また後の話になる。

あとがき

このたびは拙著をお手に取っていただきまして、ありがとうございます。

オメガバースもの第二弾です。

発行順としましては、一年半ほど前に出していただいた「愛しき年上のオメガ」が先になりましたが、執筆は本著収録の「高貴なオメガは頑健なアルファを恋う」が、この一連のシリーズものの中で最初に執筆した作品になります。今回、雑誌掲載作として発表させていただいた「高貴な～」の主人公、祥久と雅純のその後を書き下ろし、一冊の本に纏めていただきました。先に出た「愛しき～」のほうが彼らの子供が主人公の話と、世代的に逆転しておりますが、ご興味のある方は本著と併せてお読みいただけますと幸いです。

雑誌掲載時と本書、いずれもイラストはサマミヤアカザ先生にお引き受けいただきました。書き下ろし作品を執筆している間、常に傍らに雑誌掲載時のカラー扉を置いていて、それを見ながら、雅純ならこんなふうに言うかな、動くかな、祥久はこういうときどんな顔をするかな、と想像を膨らませました。その分、二人に愛着が増したように思います。文庫化にあたり、素敵なイラストをさらに何点も拝見することができて幸せです。お忙しい中、本当にありがとうございました。

私なりのアレンジを加えて構築した、私のオメガバース世界を、読者の皆様に受け入れていただけるかどうか今回もドキドキです。基本のラインは守っているつもりですが、細かな部分は作家さんによっておそらく違うのではないかと思います。私もいろいろ手探り状態で書いてきましたので、あとから、あれっ……ここういう設定にしたけど、そうするとこれはこうでなくちゃおかしいよね、みたいなことが出てきたりもして、普段書いている社会人BLとの違いを噛み締めました。オメガバースものでないと書けない場面もあって、楽しかったです。

主人公カップル以外でもう少し掘り下げてみたかったなと思うのは、雅純のお兄さん、高範さんです。彼が好きになるのはどんな人かな、とつい想像を巡らせてしまいます。早熟だけど晩婚、みたいな気がするのですが、どうなんでしょう。

文末になりましたが、この本の制作にご尽力くださいましたスタッフの皆様、いつもお世話になっております。今回も、ありがとうございました。

それでは、また次の作品でお目にかかれますと嬉しいです。

遠野《とおの》春日《はるひ》拝

この本を読んでのご意見、ご感想を編集部までお寄せください。

《あて先》〒141-8202　東京都品川区上大崎3-1-1　徳間書店　キャラ編集部気付
「やんごとなきオメガの婚姻」係

【読者アンケートフォーム】

QRコードより作品の感想・アンケートをお送り頂けます。

Chara公式サイト http://www.chara-info.net/

■初出一覧

高貴なオメガは頑健なアルファを恋う
……小説Chara vol.38(2018年)より改題

やんごとなきオメガの婚姻……書き下ろし

やんごとなきオメガの婚姻……【キャラ文庫】

2020年4月30日 初刷

著者 遠野春日
発行者 松下俊也
発行所 株式会社徳間書店
〒141-8202 東京都品川区上大崎3-1-1
電話 049-293-5521(販売部)
03-5403-4348(編集部)
振替 00140-0-44392

印刷・製本 図書印刷株式会社
カバー・口絵 近代美術株式会社
デザイン おおの蛍(ムシカゴグラフィクス)

ISBN978-4-19-900988-4

遠野春日の本

好評発売中

「愛しき年上のオメガ」

イラスト✦みずかねりょう

人生でもう二度とアルファには近づかない――。密かな決意を胸に全寮制名門学院に赴任した国語教師の加納《かのう》。希少なオメガの加納には、無理やり番《つがい》として飼われた苦い過去があった。ところが赴任早々出逢ったのは、侯爵家出身の精悍なアルファの高校生・藤堂《とうどう》!! 出自を鼻にかけず十代の性急さで好意をぶつけてくる。拒絶し続けていたある日、ついに藤堂の前でヒートの発作に見舞われて…!?

遠野春日の本

好評発売中

【夜間飛行】

イラスト✦笠井あゆみ

警視庁でも一二を争う優秀なSPで、身も心も赦していた恋人が突然の辞職!? 自分の前から姿を晦ました脇坂《わきさか》に、未練を抱き続けていた深瀬《ふかせ》。しかも脇坂は、密かに便利屋稼業に身をやつしていた!? 「俺たちの関係は、もう終わったのか」いまだ執着と熱情を抱えた深瀬は、秘密裏に渡航した脇坂を追い、中東の砂漠の王国シャティーラへと旅立つが…!?

遠野春日の本

好評発売中

「美しい義兄」

イラスト✦新藤まゆり

毎朝、定刻に出勤する後ろ姿を窓辺から見つめるだけ——。血の繋がらない弟に秘めた想いを抱く、老舗和菓子メーカーの若社長・司《つかさ》。義弟の冬至《とうじ》は同じ屋敷で育ちながら、父に疎まれ 出世争いから遠ざけられていた。俺は嫌われて当然だ——。そんなある日、司の元恋人・堂本《どうもと》が本社に戻ってきた。冬至の優秀さを見抜いた堂本は、部下に引き抜き急接近!!　司は押し隠す激しい独占欲を煽られて…!?

遠野春日の本

好評発売中

【疵と蜜】

疵と蜜
遠野春日
イラスト◆笠井あゆみ
Haruhi Tono Presents
「俺が脚を開けと言ったら開け。
おまえの都合は聞いていない」
キャラ文庫

イラスト✦笠井あゆみ

「金は貸してやる。返済期間は俺が飽きるまでだ」そんな契約で、金融ローン会社の長谷《はせ》から融資を受けた青年社長の里村《さとむら》。幼い頃に両親を殺された過去を持つ里村には、どうしても会社を潰せない意地があった。頻繁に呼び出しては、気絶するほど激しく抱いてくる長谷。気まぐれのはずなのに、執着が仄見えるのはなぜ…？　関係に思い悩むある日、里村は両親を殺した犯人と衝撃の再会を果たし⁉

遠野春日の本

恋々
遠野春日
イラスト　笠井あゆみ
「これ以上は歯止めが利かなくなる。
——そうなっても引かないか？」
キャラ文庫

好評発売中

【恋々　疵と蜜2】

イラスト✦笠井あゆみ

私を憎からず想っているはずなのに、絶対に一線を踏み越えてこない——。人材派遣会社の社長秘書としてクールに采配を振るう青柳《あおやぎ》。密かに想いを寄せるのは、エリート警察官僚の野《の》上《がみ》だ。事件を通じて接近して以来、常に青柳を見守り気のあるそぶりを見せるのに、近づくとなぜか引かれてしまう。その気がないなら、いっそ諦められるのに…。ところがある夜、青柳が昔の恋人といる現場を目撃され!?

遠野春日の本

好評発売中

「砂楼の花嫁」

シリーズ1〜3以下続刊

イラスト✦円陣闇丸

全てを呑み込む乾いた大地、灼熱の太陽——。任務で砂漠の国を訪れた美貌の軍人・秋成《あきなり》が出会ったのは、第一王子のイズディハール。勇猛果敢で高潔なオーラを纏ったその姿に一目で心を奪われた秋成。ところが爆破テロ事件が発生、誤認逮捕されてしまう!! 孤立無援な捕虜となった秋成に救いの手を差し伸べたのは、なぜか王子その人で…!? 砂漠の王と身を焦がすドラマティックラブ♥

キャラ文庫最新刊

BUDDY《バディ》 DEADLOCK《デッドロック》 season《シーズン》2

英田サキ
イラスト✦高階 佑

ロス市警麻薬課に勤めるユウトに、新たな相棒が登場!! 一匹狼のような３歳年下のキースは、なかなか心を開いてくれなくて!?

やんごとなきオメガの婚姻

遠野春日
イラスト✦サマミヤアカザ

オメガであることを隠し、全寮制学院に通う雅純《まさずみ》。同級生にバレそうになったところを救ってくれたのは、用務員の三宅《みやけ》で——!?

5月新刊のお知らせ

楠田雅紀　イラスト✦夏河シオリ　[豪華リゾートであなたと(仮)]
高遠琉加　イラスト✦葛西リカコ　[さよならのない国で]
樋口美沙緒　イラスト✦yoco　[パブリックスクール シリーズ6(仮)]

5/27（水）発売予定